DREAMBOOKS★

魔劍王

마검왕 23

ORIENTAL FANTASY STORY & ADVENTURE

마검왕 23 변모(變貌)

초판 1쇄 인쇄 / 2015년 6월 25일
초판 1쇄 발행 / 2015년 7월 2일

지은이 / 나민채

발행인 / 오영배
책임편집 / 편집부
펴낸 곳 / (주)삼양출판사 · 드림북스

주소 / 서울시 강북구 도봉로 173
대표 전화 / 02-980-2112 팩스 / 02-983-0660
편집부 전화 / 02-980-2116 팩스 / 02-983-8201
블로그 / blog.naver.com/dreambookss

등록번호 / 제9-00046호
등록일자 / 1999년 3월 11일

값 8,000원

ISBN 979-11-313-0325-2 (04810) / 978-89-542-3036-0 (세트)

* 지은이와 협의하에 인지는 생략합니다.
* 잘못된 책은 구입한 곳에서 바꾸어 드립니다.

이 도서의 국립중앙도서관 출판시도서목록(CIP)은 서지정보유통지원시스템홈페이지
(http://seoji.nl.go.kr)와 국가자료공동목록시스템(http://www.nl.go.kr/kolisnet)에서
이용하실 수 있습니다. **(CIP제어번호: 2015017288)**

魔劍王

마검왕

나민채 퓨전무협 장편소설

ORIENTAL FANTASY STORY & ADVENTURE

23

변모(變貌)

dream
books
드림북스

목차 魔劍王

제1장

북천축

※ 『마검왕』은 순수 창작물로써, 이 작품 속에 등장하는 인명 · 지명 · 단체명 등은 실제 사실과 관계가 없음을 밝힙니다.

흑웅혈마와 혈마 일군이 돌아오고 있는 와중에도 중원을 칠 준비는 착실히 이뤄지고 있었다.

대뇌귀단주 상청, 전세지문주 만안, 외당주 좌조천리 및 그네들의 직속 수하들 그리고 변절자 목목노옹까지. 본교의 두뇌라 할 수 있는 교도들이 총망라한 대전 안의 불빛은 삼 일이 넘게 꺼지지 않았다.

전쟁의 큰 그림이 완성될 무렵, 흑웅혈마보다도 북천축에 보내졌던 대뇌마단주 삼뇌자와 교도들이 먼저 돌아왔다.

그런데 피부가 까맣게 그을린 그들이 본교로 들어오자, 모든 논의가 일시중지된 것이다.

"……."

내 침묵이 모두를 독사 앞의 개구리 같은 꼴로 만들고 있었다. 장내가 조용하다.

가슴 끝부터 화가 끓어 오른다. 하지만 나 못지않게 혈천하(血天下)를 바라는 이들이 내놓은 결론이 그것이라서, 무작정 화만 낼 일이 아니라는 생각이 들었다.

북천축에 있다가 최근에 다시 돌아온 인물을 바라보았다.

그들의 수장인 대뇌마단주 삼뇌자가 내 눈총을 받아 한 발 앞으로 나왔다.

"위대하신 교주님께 감히 거짓을 고하겠사옵니까. 송구하오나 혈마군을 중원 깊숙이 진군시키면, 성지(聖地)와 십시가 위태로워질 것입니다. 성지에 남아 있는 혈마군만으로는 북천축의 군세까지 합세한 정마군을 감당할 수 없사옵니다."

여기서 성지는 본교의 혈산을 말한다.

> "그대는 대뇌마단 전부와 함께 북천축으로 가라. 가서 혼란스러운 북천축의 정국에 기름을 부어 왕가의 싸움을 앞당겨야 할 것이다. 북천축에서 내전이 일어나면 정마교가 정국에 개입할 것이나, 본교는 그렇지

않기로 하였다. 무엇을 뜻하는지 알 터! 그대가 내전을 앞당기면 앞당길수록, 본교가 배후를 걱정할 일이 줄어들고 진군할 수 있으니! 그대의 임무가 참으로 막중하다."

그동안 삼뇌자는 대전 직전에 받았던 그 명령으로 인해 대뇌마단과 함께 북천축과 이쪽을 무던히도 많이 오갔다.

지난 시간대에서 정마군은 결국, 황군과 연합하여 본교의 후방을 친 적이 있었다.

이번에는 미연에 그런 상황을 방지하기 위해 그들에게도 적당한 먹잇감을 던져준 것이었는데, 그것이 바로 북천축이었다.

"정마교는 본교가 생각했던 것보다도 더 큰 성공을 이루었사옵니다. 정국의 한 자리를 차지하는 것으로 멈추지 않고 그들이 지원했던 술탄 일투트리슈가 권좌를 되찾자마자, 일투트리슈와 측근들을 제거하고 공주 아밀라를 꼭두각시 여왕으로 세웠사옵니다."

이른바 괴뢰국을 건설하는 데 성공한 것이다. 이쪽에서 큰 흐름이 진행되고 있었듯이, 서쪽에서도 마찬가지였다.

그리고 당장 체감할 수 없는, 이역만리에 떨어진 서방의 그 일이 본교의 발목을 붙잡고 있었다.

“대국 황제는 해상 상단으로 위장한 사신단을 아밀라 공주에게 보냈고?”

침묵을 깨고 입을 열었다.

“그러하옵니다.”

삼뇌자가 대답하자 전세지문주 만안의 어깨가 미세하게 떨렸다.

본래 전세지문에서 그 사실을 먼저 알아차렸어야 했다.

삼뇌자가 북천축에 있지 않았더라면, 본교는 심증만 가질 뿐 사실을 보지 못했을 것이다.

전세지문주 만안이 자신의 책임을 통감하고 처분을 청하는 것은 당연히 그러해야 할 일이었다. 하지만 상벌을 논하자면 벌보다도 상이 더 커야 할 그였기에, 나는 손 한 번 젓는 것으로 만안을 물리쳤다.

“또 정마교라…….”

한때는 같은 뿌리였으나 본교가 타클라마칸 사막에, 그것들이 파미르 고원으로 갈라진 이후로 수백 년이 흘렀다.

구성원의 핏줄부터가 민족 간 차이가 생겼고 쓰는 언어도 달라졌다.

작금에 이르러서는 완전히 다른 두 개의 파가 되어, 수백 년간 DNA에 누적되어온 적의(敵意)는 생불(生佛) 석가가 와도 돌이킬 수 없는 일이 되었다.

그런 그들은 존재 자체만으로 항상 본교의 방해가 되어 왔다.

그들이 없었다면 본교는 지난 수백 년간 비단길에서의 수익을 독점하였을 테고, 본교의 궐기(蹶起)는 결과를 논외로 치고 몇 세대 전 교주 대에서 일어났을지도 모르는 일이다.

무엇보다도 같은 뿌리를 두었기 때문에 정체성의 문제가 항상 부딪쳐 왔다. 본교의 숙원인 혈천하에는 응당 본교를 정면으로 부정하는 정마교의 제거 혹은 흡수가 포함되어 있고, 그것은 정마교 쪽에서 마찬가지다.

"아밀라 공주의 회신은?"

정확히는 정마교의 회신이라고 해야겠지.

"그 또한 대국 황제에게 전달된 것으로 파악되었습니다."

스윽.

내 서늘한 눈빛이 장내를 훑고 지나갔다.

"이럴 것이면 '정마교를 먼저 쳐야 한다' 고라도, 말해야 하는 것 아니냐."

본교와 정마교가 전쟁을 치르는 것은 대국 황제가 그 무엇보다도 바라고 원하는 일일 터.

"……."

반 천하의 교국을 다스리고, 장정들을 징집하여 충분한

전비(戰備)를 증강시켜야 한다고는 어린아이도 말할 수 있었다. 그런 말을 하는 이가 있었다면 내 화를 피해갈 수 없었을 것이나, 모두들 그만한 눈치는 있었다.

장내가 숨소리 하나 없이 조용해졌다.

줄곧 의자 옆에 서 있던 색목도왕이 눈빛으로 내 의중을 물어 왔다.

내가 고개를 끄덕이자, 색목도왕이 손을 쫙 펼치며 외쳤다.

"물러가거라! 제대로 된 책략을 가지고 와야 할 것이다."

색목도왕은 장내가 깨끗이 비워지는 광경을 보며 뜨거운 콧바람을 펑펑 뿜었다.

그도 나 못지않게 작금의 상황을 실망스러워하고 있었다.

기세를 탔을 때, 희생을 각오하고라도 밀어붙였다면 벌써 천하는 벌써 본교의 수중에 들어왔을 것이다. 삼황 때문에 멈추고 말았지만.

"지금이라도 이 장로에게 하던 일을 마저 하라고 하심이……."

색목도왕은 하지 말아야 할 말을 하는 사람처럼 얼굴이 완전히 구겨졌다.

쾅!

그때 내 손짓 한 번에 거대한 정문이 큰 소리를 내며 닫혔다.

"내버려 두어라. 흑웅혈마가 돌아와야 중원을 칠 것 아니냐."

"좋은 수가 있습니까?"

색목도왕이 반색하며 물었다.

"본 교주가 정마교주를 죽인다면, 정마교도들이 굴복할 것 같으냐?"

"정마교주를 죽인다면……."

사안이 사안이니만큼, 색목도왕의 눈빛이 신중해졌다.

그리고 내가 무슨 생각을 하는지 눈치챈 그가 다시없을 진중한 표정으로 잠깐 말을 멈췄다. 그러다 그의 고개가 천천히 저어졌다. 혹시나 하고 물었지만 내 생각도 같았다.

정마교를 완전히 지워 버릴 것이 아니라면, 정마교주는 내버려 두는 편이 낫다.

입장을 바꿔 보자. 만에 하나 정마교주가 나를 죽인다 한들, 본교의 교도들은 정마교주에게 굴복하지 않을 것이다. 오히려 총력을 다해 싸우려 들 거다.

정마교는 본교와 무척 흡사하다. 마치 성격이 다른 일란성 쌍둥이를 보는 것 같다.

내부는 달라도 겉만 보았을 때는 분명 그렇다. 대진법

아래 여러 개의 숨은 도시를 거느리고 있는 것도 그렇고, 비단길의 중점을 차지하고 앉아 수만 정병, 정마군을 키워낸 것도 그렇다.

황제를 끌어내린 후에는 놈들과도 일전을 치러야 할 것이다.

그때는…….

그야말로 생지옥이 펼쳐지겠지.

바그다드의 그날처럼…….

나도 모르게 다시 떠오른 그날의 기억 때문에, 얼굴이 와락 구겨졌다.

색목도왕이 뭔가를 말하려다가 입을 다물었다.

"개의치 말고 그대의 생각을 말하거라."

그러나 색목도왕은 바로 말하지 못했다. 구겨졌던 내 얼굴에서 무엇을 본 것이었는지 색목도왕의 눈빛이 흔들리고 있었다.

"말하거라."

한참 뒤에야 그의 입이 조심스럽게 열린다.

"교주님. 소마 또한, 지금은 정마교와 각축전(角逐戰)을 벌일 때가 아니라고 생각합니다."

"그렇다고 가만히 내버려 두어서는 아니 되지. 본교가 중원을 도모하는 동안, 그것들은 천축 일대를 손아귀에 넣었다.”

가뜩이나 수도를 잃은 이슬람제국은 역경에 처해 있을 터, 이제 북천축까지 차지한 정마교가 그 틈을 놓칠 리 없다.

서로에게 가장 좋은 수는 불가침 협약을 맺고 우리는 중원을, 그것들은 이슬람 제국 쪽으로 확장해나가는 것일 테지만.

본교와 정마교 사이에 협약이라니, 지나가던 개가 웃을 노릇이다.

“그대도 물러가 있거라.”

하지만 색목도왕은 움직이지 않는다. 많은 생각이 담긴 색목도왕의 두 눈이 내 얼굴에서 떨어지지 않았다.

그가 말했다.

“교주님. 교주님께서는 본교의 유일한 지존이십니다.”

내 머릿속에 들어갔다 나온 것일까? 미간의 할라라도 수련한 것일까?

“존신의 안위는 곧 본교의 안위입니다. 하명을 하시면 목숨을 바칠 교도들이 십만이 넘사옵니다. 하오니 교주님…….”

색목도왕의 눈빛으로 보건데, 분명히 내가 무슨 생각을 하는지 읽고 있었다.

나는 피식 웃었다.

"본 교주가 무엇을 할 것 같더냐?"

"소마를 떨쳐 버리시고, 홀로 정마교에 가실 것 아니십니까?"

"얼추 비슷하군. 하지만 틀렸다."

색목도왕은 정마교주가 내 입에서 언급된 순간부터, 마음의 준비를 하고 있었던 모양이다.

그는 크게 만류하고 나서기보다는 담담하게 말을 이어나갔다.

"그렇사옵니까. 소마가 어찌 교주님의 행보에 가타부타 할 수 있겠사옵니까. 또 하교들은 그러하면 아니 되지요. 하온데 존신의 안위가 곧 본교의 안위이옵니다. 십 년간 교좌가 비었을 때 본교가 어찌 되었습니까?"

"음."

그제야 나는 색목도왕이 그러한 말을 하는 속뜻을 눈치챘다.

"바로 어제 뵈었는데, 교주님께서는 수년의 세월을 간직하셨지요. 그리고 무공 또한 소마가 감히 추정할 수 없는 경지로 하루하루 달라지셨습니다. 그런 날이 하루 이틀이었습니까."

"적어도 그대만큼은, 본 교주 앞에서 돌려 말하지 않아도 된다.”

“그 세월에 어떠한 적들과 겨뤄 오셨을지, 소마가 어찌 모르겠습니까.”

“시원하게 말해 보거라.”

색목도왕의 얼굴에 서린 빛이 무척이나 진중해지더니, 그의 입술이 천천히 움직였다.

“교주님. 본교에는 후계가 없습니다.”

역시 그 말이 하고 싶었던 것이었군.

“본 교주의 신변에 문제가 생기면, 흑웅혈마와 그대가 본 교주를 대신하여 본교를 이끌면 되는 것이다.”

“아니 그렇겠습니까. 하온데 소마들은 진정, 후계가 아니옵니다. 전대에 그런 사달이 일어난 것도 전대 교주께서 후계를 두지 않았기 때문이었습니다. 소마는 본교의 흥성(興盛)이 기쁘고 교주님의 하루가 다른 신위에 감복하오나, 그만큼 염려 또 염려가 되옵니다.”

색목도왕은 내가 다른 세상을 오가고, 그와는 다른 시간을 가지며, 독단으로 여러 적들과 마주하고 싸운다는 사실을 알고 있었다.

“후계라…….”

“예. 자제분을 두셔도 되고 제자를 거두셔도 됩니다. 하면 하교들은 교주님께서 부재 시에, 내정하신 후계를

소(小) 교주로 의지할 것입니다."

"그대가 무엇을 염려하는지 안다. 허나 본 교주가 어느 날 갑자기 사라진다 한들, 본 교주가 돌아올 것을 믿어 의심치 말거라."

"교주님……."

"지금은 당장 할 수 있는 일을 논해야 하겠지. 후계는 천하를 통일한 다음에 논할 일이다."

"단지, 소마는 교주님께서 그 말씀을 드리고 싶었을 뿐이었습니다."

"염두에 두지. 이 말이 듣고 싶었던 것 아니냐?"

"예. 그러하옵니다. 하오면 부디 무탈하시옵소서."

* * *

공간 이동 마법은 이동할 수 있는 최대 거리가 약 500km쯤 될 뿐만 아니라, OUT 홀을 생성하기 위해서는 한 번이라도 들렸던 적이 있어야 한다는 제한이 있었다.

그래서 태평양을 다섯 번 건너뛰며 LA에서 서울까지 이동하는 일은, 드래곤의 환영 속에서나 가능한 일이다.

만일 공간 이동을 통해 LA에서 서울로 가고자 한다면 비행경로를 따라서 20번 내외의 공간 이동 마법이 필요할 것이다.

섬서성 서안에서 출발해 감숙성 난주, 청해성 격이목과 도난 사이, 청해성 곤륜산, 타클라마칸 사막 초입, 혈산 인근, 파미르 고원를 경유해 메르브까지.

메모라이즈해 두었던 일곱 개의 공간 이동을 전부 소진한 끝에, 자하라가 통치하고 있는 사막의 아름다운 오아시스 도시에 들어설 수 있었다.

지금까지 내가 밟았던 땅들 중에서 델리와 가장 가까운 곳이 바로 메르브였다.

모래언덕이 한눈에 들어오는 하늘로 토해졌다. 하늘에서 착지하자, 가죽신 발목 안쪽으로 고운 모래 가루들이 차 들어온다. 시간을 무(無)로 돌린 이후에 처음 밟는 모래.

그러나 이 대륙에서는 무도(武道)의 벗, 무트타르를 제외하고는 치욕스러운 기억밖에 없다.

주마등처럼 스쳐 지나가는 지난 기억들에 자연스럽게 주먹이 쥐어지지만, 그 모든 게 과거도 아닌 애초부터 없었던 일이 되어 버렸다. 오히려 수도가 초토화되고 정교(政敎)의 통치자 칼리프마저 행방불명되어 버린, 이슬람 제국의 새로운 역사가 현재 진행형 중에 있다.

이전 시간대와는 달리 남동쪽으로 몸을 틀었다.

델리술탄국보다는 북천축국이라는 중원식 국명이 더 익

숙한 그 나라의 수도 델리가, 바로 그쪽에 위치하고 있다.

강과 산을 뛰어넘고, 마주치는 사람들은 모두 무시한 채 달리고 또 달렸다.

중천에 있던 해가 사라지고 구붓한 달이 떠올랐다.

그때 나는 델리 시가지에 있었다.

인도 아리아인, 투르크 계열의 사람들과 힌두교, 이슬람교, 서장 불가(佛家) 등, 다양한 인종과 종교들이 뒤섞인 그곳.

코가 크고 눈이 깊숙한 사람들의 시선이 내게로 쏠리는 가운데, 멀리로 웅장하게 자리한 술탄 궁전이 보였다.

어두운 이슬람의 밤을 밝히는 빛이 거기에서부터 나오고 있었다.

짜악!

따귀 소리가 울렸다.

구릿빛 나신(裸身) 여인의 고개가 홱 돌아갔다.

— 그러게 왜 자꾸 이러는 거요. 당신만 아프지 않소이까?

백발 사내가 여인의 턱을 쥐어 제 쪽으로 돌렸다. 손아귀 힘 때문에 여인이 아파하는데도, 사내는 더 즐기는 듯했다.

그래도 여인은 신음 한 번 내지 않고, 오히려 차가운 눈빛을 띠면서 그 손을 뿌리쳤다. 그러고는 침대 밑에 떨어져 있는 옷가지들을 집어 드는데, 그런 그녀를 향해 사내가 조소를 머금었다.

— 누가 옷을 입으라 하였소?

백발 사내가 언성을 높이며 여인의 목을 움켜잡았다.

처음 몇 초간 여인은 초연한 듯한 얼굴이었다. 그러나 숨이 넘어가기 시작하자 어쩔 수 없게도 발버둥 치면서 꺽꺽댔다.

백발 사내는 여인이 혼절하려던 무렵에 그녀를 침대 위로 내동댕이쳤다. 그런 다음 여인의 가슴을 손잡이 마냥 움켜쥐어서 그녀의 상체를 일으켜 세웠다.

— 당신도 좋고 나도 좋은 일인데, 왜 그리 목석(木石) 같이 구는 거요. 기왕지사 배를 맞대었으면 즐기도록 노력이라도 하시오. 아시겠소?

백발 사내의 어투는 분명 부드러웠으나, 여인을 향한 사내의 미소는 무척이나 음험하고 위험해 보였다.

— 아시겠냐고 물었소. 아밀라.

뿐만 아니라 사내의 눈에서 번뜩인 기광에는 지금 당장에 여인을 가차 없이 죽여 버릴 살기가 깃들어 있었다. 사내를 매섭게 노려보던 여인의 눈빛이 대번에 그 힘을 잃고 흔들리기 시작했다.

이윽고 여인의 고개가 천천히 끄덕여지자, 사내는 찬웃음과 함께 여인의 어깨를 우악스러운 손길로 짓눌렀다.

바로 그때, 갑자기 백발 사내가 여인을 황급히 옆으로 밀쳐 냈다.

여인은 침대 밑으로 떨어졌다기보다는 벽을 향해 튕겨 날아갔다.

— 언제부터 있었지?

백발 사내가 공력 담긴 음성을 터트리며 침대 밖으로 몸을 세웠다.

실오라기 하나 걸치지 않은 나신 위로, 근육의 경계면들이 뚜렷하다. 사내는 마치 전륜한 장인의 걸작을 보는 듯한 뛰어난 육체를 가지고 있었다.

사내가 동시에 침대 옆에 기대 세워져 있던 검집을 낚아채며, 두 눈으로 사방을 쫓았다.

나를 찾기 위해서였다.

일부러 기운을 드러낸 마당에 숨어 있을 이유도 없었다.

스르르.

나는 구석의 어둠 속에서 모습을 드러냈다.

녀석의 눈빛이 정면으로 부딪쳐 왔다.

열기(熱氣)를 담은 붉은 기운 또한 녀석의 안광에서 스멀스멀 일어났고, 나는 그것이 불쾌했다.

십이양공과 동류(同流)의 기운.

역시나 같은 유파라는 것이다.

나는 녀석이 여인에게 지었던 냉소를 지어 보였다.

— 그 장포, 흑룡포인 것인가?

녀석이 말했다.

정마교도들이 쓰는 언어였으나, 그 의념이 미간의 할라를 통해 전해졌다.

내가 웃고만 있자 녀석이 더 심각해진 얼굴로 말했다.

"혈마교주, 맞는가?"

이번에는 능숙한 중원의 언어였다.

"당신이 여기에는 무슨 일이냐."

녀석은 으르렁거리면서도 기회를 엿보고 있었다. 녀석도 알고 있는 눈치였다.

녀석이 피워낸 기운으로는 일순간 퍼진 내 기막(氣膜)을 뚫지 못한다는 것을 말이다. 물론 녀석이 기상천외한 방법으로 내 기막을 뚫어, 밖에 경종을 울린다 하여도 달라질 상황은 조금도 없지만 말이다.

"정마교주가 떠나면서 네놈을 남겨둔 모양이군. 네 교주가 오늘 목숨을 벌었구나."

"감히……."

녀석의 기운이 더 거세졌다.

검집에서 반쯤 모습을 드러낸 녀석의 검신(檢身)이 붉은 강기를 꿈틀거리며, 자신을 풀어 달라고 요구하는 듯했다. 그러나 녀석은 신중했다.

그때 나신의 여인, 아밀라 공주는 어찌 돌아가는 상황인지 자세히는 몰라도 내가 녀석의 적이라는 것만큼은 금방 알아차린 눈치였다.

그녀가 구석 쪽으로 슬금슬금 자리를 비키기 시작했다. 그래도 녀석은 혈마교주 앞에서 섣불리 움직일 수 없다고 판단했는지, 그녀를 막지 않았다.

"네놈은 누구냐?"

내가 물었다.

"호교군장."

녀석이 짧게 대답했다.

녀석은 그것이면 충분하다고 생각하는 듯했고, 또 그것이 맞았다.

정마교의 호교군장(護教軍將)에 대해서라면 나도 알고 있다. 녀석은 정마교주의 여덟 제자들 중에 소(小)교주로 가장 유력하다고 뽑히는 인사였다.

계속해서 내 진력을 탐색하려고 애쓰던 녀석이, 어투를

달리하며 말했다.

"두 교간에 혈전을 원치 않는다면 그만 돌아가는 게 좋을 것이다."

"어리석기는. 너희들은 저것의 군대와 혈전을 치르게 될 것이니라."

내 말이 끝나는 순간, 녀석은 재주 없이 정마교주의 제자가 되지 않았다는 것을 증명하려 했다.

녀석은 한 치의 망설임도 없이 검을 완전히 뽑았다. 그렇게 바깥으로 발출된 녀석의 붉은 검기가 허공을 베면서 날아간 방향은 내 쪽이 아니라 아밀라 공주 쪽이었다.

비스듬히 꽂혀간다.

녀석의 검기가 겁화(劫火)의 열기로 아밀라 공주의 몸을 두 동강 내려던 그때, 더 선명하니 붉고 웅혼한 힘이 실린 또 다른 겁화가 그것을 집어삼켰다.

녀석은 녀석의 것과는 비할 수 없는 양공(陽功)이 발출된 방향으로 고개를 틀었다.

바로 나.

그러고는 녀석이 기민하게 출수하였다.

범 무서운 줄 모르는 하룻강아지라기보다는, 녀석 나름대로 작금의 상황에서 최선을 다하고 있는 것이었다.

이번에도 녀석의 검 끝에 붉은 기운이 응집되어 있었다.

기분 나쁘게도.

쉐아아악!

파열(破裂)된 공기가 귀청을 찢는 듯한 귀곡성을 내며, 범골(凡骨)이면 견디지 못할 풍압을 만들었다. 정마교의 괴공절초가 내 눈앞에서 펼쳐졌다.

명왕단천공이 빠르게 반응하는 것으로 봐서는, 내가 기억 못 하는 천서고의 어느 무공과 흡사한 모양이다. 녀석의 절초를 파훼할 수백 가지 방법이 번쩍여댔으나 그중 어느 것을 택할 필요도 없었다.

명왕단천공이 아니더라도 분명히 보였다. 내가 검집 채로 전방을 향해 찔러 넣는 순간, 앞에서 일던 열기도 풍압도 일순간 사라졌다.

"으…… 흐흐……."

녀석은 검이 아닌, 검집에 뚫려버린 제 가슴을 멍하니 쳐다보고 있었다.

"교주…… 교주님의 진노…… 를 감당…… 할 수 없을…… 것……."

내가 검집을 회수하자 녀석의 몸이 아래로 무너졌다. 나는 검집에 묻은 피를 침대에 밀어 닦으며 구석 쪽으로 시선을 옮겼다.

아밀라 공주가 양팔로 제 몸을 감싸 안으면서 떨리는

입술을 뗐다.

“교, 교국(敎國)의 왕이십니까.”

어눌하지만.

“우리말을 할 줄 아는구나.”

아밀라 공주는 나를 혈마교주가 아닌 교국의 왕이라고 칭하였다. 그것은 즉, 그녀가 중원의 정세에 해박하다는 반증이다.

기분 나쁜 녀석의 사체를 한쪽으로 밀어버린 다음에 침대에 걸터앉았다. 그러고는 아밀라 공주에게 가까이 다가오라고 손짓했다.

아밀라 공주는 호흡을 진정시킨 다음 바닥을 딛고 일어섰다.

그녀는 얼굴뿐만 아니라 육체적으로도 미인이었다. 몸은 가냘프면서도 가슴과 엉덩이로 도톰한 살이 붙어 있어서, 나신을 부끄러워하지 않아도 되는 그런 여자였다.

정마교주의 제자가 그녀를 탐하고 있던 이유는 그녀를 통제하기 위해서만은 아니었으리라.

“실례가 아니 된다면…….”

아밀라 공주가 제 옷가지 쪽을 바라보며 청했다.

나는 고개를 끄덕였다. 바로 지척으로부터 정마교주 제자의 사체로부터 흘러나오는 피로 꽤나 젖어 있어도, 그녀는 개의치 않고 겉옷을 걸쳤다.

"우리말을 안다니, 본좌가 왜 왔는지는 다 들어서 알겠군."

그러나 아밀라 공주는 기뻐하는 얼굴이 아니었다.

"교국의 왕께선 사람을 잘못 찾아오셨습니다. 제게는 군권(軍權)이 없습니다."

"저것이 가지고 있었겠지."

아밀라 공주는 말없이 죽은 녀석을 쳐다보았다.

"저자가 죽었다 해도 무엇이 달라지겠습니까. 아직 델리에는 저자를 대신할 자들이 많습니다."

"본좌의 손길을 거부하는 것이냐?"

"아닙니다. 교국은 연 나라와 큰 전쟁을 하고 있습니다. 본국에 보내실 병사가 없는 것으로 알고 있습니다."

"대국 황제가 그리 말했나 보군."

차분하려고 노력하던 아밀라 공주의 얼굴에 놀란 기색이 번졌다.

그런 것을 보면 왕으로 키워진 인물은 아니었다. 왕으로 키워졌던 인물들은 모두 죽거나 고원으로 끌려갔을 것이다.

그래도 명색이 북천축국 왕가의 명맥이 제 손에 달렸다는 것을 모르지 않을 터, 아밀라 공주는 신중 또 신중하려는 면모를 보였다.

"교국의 왕께서는 모르시는 게 없으시군요."

"명단을 작성하거라. 북천축국이 군권을 되찾는데, 제거해야 하는 것들이 누구누구인지."

"병사를 보내실 겁니까?"

아밀라 공주는 그렇게 물은 다음, 정작 내 대답도 듣지 않고 고심에 빠졌다.

그녀가 염려하는 것이야 너무도 뻔했다. 정마교 자리를 혈마교가 채운다고 해서, 북천축국의 정세가 달라지지는 않을 테니까 말이다.

나는 그녀가 답을 내리기 쉽도록 한마디 덧붙여 주었다.

"병사는 없을 것이다. 정마교도 따위는 본좌 일인(一人)이면 충분하다."

"예?"

아밀라 공주의 놀란 얼굴이 번쩍 들렸다.

*　*　*

정마교주가 세 명의 장로와 두 명의 제자를 대동하고 델리로 들어왔을 때에는 북천축의 군권이 정마교에게 넘어가 있었다.

정국 최후에 마스지드(masjid:이슬람 사원)의 전사들이 그들에게 저항했는데, 천축 고승들까지도 합세했던 사실을 가만히 생각해 보면 그렇게 놀라운 일만은 아니었다.

비록 북천축이 칼리프에게 술탄 인가를 받은 정식 이슬람 국가라고는 해도, 이교도 정책이 서방 깊숙한 곳과는 달리 온화한 나라였다.

아밀라 공주는 살생부(殺生簿) 처음에 텐진, 중원식으로 명명하자면 천진(天眞)이라는 정마교의 다섯 장로 중 한 명의 이름을 올렸다.

정마교 장로 천진은 직전에 죽인 정마교주의 제자와 더불어 이곳에 남겨진 두 수뇌 중 하나이면서, 마스지드 전사들과 천축 고승들을 가둔 뇌옥의 수문장이기도 했다.

아밀라 공주는 북천축을 무너트린 수뇌 중 한 사람이 일개 감옥을 지킨다는 것이 상식적으로 납득할 수 없는 일이라고 말하였다.

그건 그녀가 무도인이 아니거니와, 힘의 질서로 사는 정마교도가 아니기 때문에 할 수 있는 말이었다.

정마교주의 제자가 파워에 있어서 장로에게 밀렸다고 봐야 하는 것이 맞다.

무도인이자 정마교도인 그들에게는 마스지드 전사들의 수련법과 천축 고승들의 불가정종(佛家正宗) 무공이, 아밀라 공주의 탐스러운 육체와 북천축을 좌지우지할 수 있는 권력보다도 더 가치 있는 것이었으니 말이다.

공능을 지니면 권력과 여자는 따라오기 마련이다.

"그리고 감옥에는 아이바크 장군도 있을 겁니다."

아밀라 공주가 말을 계속했다.

"병사들은 여인의 몸을 한 술탄을 따르지 않을 겁니다."

그래서 정마교가 그녀를 허수아비 왕으로 세운 것이겠지.

"군권을 온전히 가지려면, 제 입을 대신할 사람이 있어야만 합니다."

아니.

여인의 몸을 한 술탄은 있다.

세상 부러울 것 없을 호화스러운 궁전에 사는 그녀를, 이슬람 제국 사람 모두가 살라딘이라고 칭하며 경외한다.

아밀라 공주도 내가 떠올리고 있는 여자를 생각했던 것인지, 자신의 말을 정정했다

"그래도 전례가 있는 만큼, 그날이 오지 않으리라는 법은 없지요. 그날까지는 아이바크 장군이 꼭 필요합니다."

"친족인가?"

"예. 숙부입니다."

"공주. 그렇게 본좌를 못 믿어서야. 대업을 어찌 함께 하겠느냐."

나는 피식 웃었다.

아밀라 공주도 아이바크라는 대장군이 병권을 잡으면 어떤 일이 일어날지 모를 리가 없을 터, 속내가 너무도 빤히 보였다.

꼭두각시 여왕으로 이용되는 것보다는 숙부인 대장군에게 권력을 양도하는 편이, 왕가를 위해서 더 나은 길이라 판단한 것이다.

"야심이 컸다면 술탄께서 숙부에게 병권을 맡기지 않으셨을 겁니다."

정작 그녀의 눈빛부터가 자신 없어 보였다.

"야심이 크지 않았다면 그 자리를 받아들이지도 않았을 것이다"

그 뒤로 아이바크에 대해 몇 가지를 물었다.

내 생각은 달라지지 않았다.

누가 권좌에 앉든 정마교를 치기만 하면 상관이 없으나, 아이바크라는 자는 내국의 안정부터 꾀하면서 집권력을 강화해 나갈 인물로 느껴졌다.

"아이바크는 그날 죽었다, 생각하거라. 다신 볼 수 없을 터이니."

"이러신데 어찌 교국의 왕께서는 믿음을 요구하시는 것입니까. 교국의 왕께서도 정마교주와 똑같이 말씀하십니다."

"틀리지. 정마교주는 그대를 허울뿐인 군주로 그 자리에 앉혔으나, 본좌는 그대의 머리에 진짜 왕관을 씌워 주고 오른손에는 병권을, 왼손에는 신권을 쥐어 줄 것이다. 그대가 바란다면 본교와도 전쟁을 치를 수 있을 정도로."

"저는 불과 한 달 전까지만 해도 하렘에서 단 한 번도 벗어난 적이 없던 여인이었습니다."

"이제 북천축의 명맥은 그런 그대에게 달렸다."

"정 뜻이 그러하시다면, 이 아밀라를 아내로 들이십시오."

"이슬람의 술탄이 이교 교주와 혼인을 맺다니, 그것이야말로 여인이 술탄의 자리에 오른 것보다 더 지탄받을 일이 아니더냐."

아밀라 공주의 살생부(殺生簿)를 그녀에게 다시 돌려주며 말했다.

"아이바크 같이 그대의 권좌에 도전할 만한 자들의 이름도 모두 적거라. 거기에 이름이 쓰인 누구도, 내일의 태양을 보지 못할 것이다."

* * *

본교의 교도들이 서역의 여러 나라 말들을 익히는 것처

럼, 정마교에서도 그랬다.

"동방의 일만으로도 다망(多忙)할 것이니, 본교의 일에 더는 간섭치 마라."

정마교주의 제자에 이어서 장로 천진도 내 얼굴을 보자마자 중원의 말을 내뱉었다.

온통 피로 젖어서 내가 입고 있는 장포가 흑룡포라는 것을 알 수 없음에도 불구하고, 그는 단번에 내 정체를 눈치채고 있었다.

늙은 장로의 말을 무시하고, 내 발아래에서 도망치려던 녀석의 경추를 질끈 밟았다.

"으아악!"

녀석은 뇌옥 인근의 군영에서 끊임없이 쏟아져 나왔던 정마교도들 중에 마지막 생존자였다.

머리카락을 쓸어 넘기며 장로를 쳐다보았다. 한 번 쓸어 넘겼을 뿐인데, 흠뻑 적셔진 스펀지를 쥐어짠 것처럼 상당한 양의 핏물이 뺨을 타고 주르륵 흘러내렸다.

장로도 나를 응시하고 있었다.

정확히는 시산혈해(屍山血海)로 펼쳐진 주변의 광경과 그 중심에 서 있는 나를 바라보면서 어떻게 처신해야 하는지 고민하고 있는 것이었다.

"……서로 좋을 것 없지 않느냐. 반교는 동방을, 본교는 남방을 차지하는 것이다. 두 교가 천하를 양분할 수 있거늘."

장로는 그렇게 일갈하면서도 두 손을 매의 발톱처럼 구부리고 있었다.

하지만 위협적이지 않다.

투견에 쫓겨 구석에 몰린 고양이처럼, 마지막 발악을 준비하는 것에 불과했다.

그도 살아나갈 길이 없다는 걸 모르는 것 같지 않았다.

"하교 따위에게 들을 말도 아니거니와 말투 또한 거슬리는구나."

"하면 반교의 수뇌에게 공대(恭待)를 하겠느냐? 가뜩이나 새파랗게 어린."

"네놈이 말해 보거라. 그 반교의 수뇌가 이제 네놈을 어찌할까?"

"대 정마교의 교도가 반교에게 호락호락 당할 것 같으냐."

"정마교주의 제자는 실망스럽기 짝이 없더구나."

"……!"

"네놈이라도 정마교의 무공을 제대로 보여 보거라. 이래서야 본좌가 여기까지 온 것이 무색하지 않느냐. 들어와 보거라."

우우웅.

뜨거운 공력이 그물망처럼 펼쳐진 전신의 혈도를 타고 체내 곳곳으로 퍼져 나간다. 십이양공 십일성 반경(半徑), 돌과 사체들이 불길에 휩싸이며 허공으로 떠오르기 시작했다.

드드드드.

내 양발을 진원으로 지축이 흔들리면서 지면에 쩍쩍 금이 간다.

그때 허공의 방해물들 사이로 바짝 굳은 장로의 얼굴이 보였다.

"네 교주는 오늘 여기에 없음을 다행으로 알아야 할 것이다. 그렇지 않느냐?"

"이…… 놈……."

죽을 것을 알면서도 뛰어들 것인가? 아니면 치욕을 무릅쓰고 몸을 돌릴 것인가?

역시나 장로는 후자 쪽이었다.

뛰어들 놈이었으면 나를 보자마자 공격해 왔겠지. 장로는 그가 할 수 있는 최고의 경신법으로 허공을 향해 솟구쳤다.

잠시 후,

왼쪽 골반부터 오른쪽 견갑골까지 정확히 두 동강 난

사체 덩어리가 먼 앞쪽으로 힘없이 떨어져 내렸다.

"흥."

바로 시선을 돌려버리며 감옥 안으로 걸어 들어갔다. 피비린내가 진동하는 어두침침한 그곳에 선명한 붉은 검기 하나가 사방을 스치며 지나갔다.

비로소 번뜩이는 안광(眼光)을 가진 사내들이 무너진 벽 사이에서 걸어 나오기 시작했다.

그날 밤, 많은 피를 보았다.

살생부 명부에 이름이 적힌 자와 정마교도가 보이는 족족 사냥했다.

궁과 사원 그리고 델리 시가지 곳곳을 방황하고 다니면서 가차 없이 그들의 목을 치는 내가, 길 잃은 귀신쯤으로 보였을 거다.

나 외에도 감옥에서 풀려난 마스지드의 전사들과 천축 고승들은 그들의 종교적 가르침과는 상관없이 델리 전체를 휘젓고 다녔다.

처음에 그들을 향해 창을 겨누었던 북천축의 병사들은, 동녘쯤에 이르자 그들과 어깨를 나란히 한 채 정마교도들을 향해 달려들고 있었다.

뒤처리를 그들에게 남겨 두고 궁전으로 돌아왔다.

술탄의 침소로 올라가는 계단.

내가 지나쳐온 경로가 핏물로 번진 발자국들로 인해 고스란히 이어지고 있었다. 나를 막아서는 것들을 모두 전방으로 날려 보낸 후에, 문을 열고 들어갔다.

"오셨습니까."

아밀라 공주는 창밖을 바라보고 있었다. 불타는 가옥들과 누군가의 비명 소리가 울려 퍼지는 동녘의 델리를 말이다.

"제가 부탁했던 일은 어떻게 되었습니까?"

아밀라 공주가 여전히 창밖을 응시한 채 말했다. 그것보다도 아침 햇살에 드리워진 그녀의 매끄러운 뒷모습이 눈에 띄었다. 그녀는 실오라기 하나 걸치지 않은 나신이었다.

늘씬한 다리, 앙증맞게 모여진 두 엉덩이, 그리고 골에서 이어진 반짝이는 빛이 허리선을 타고 올라가, 등을 돌리고 있어도 감출 수 없는 두 가슴의 언저리로 모여 있었다.

"그대의 병사들에게는 손을 대지 않았다."

"혼자서 이러한 일을 하실 수 있다는 것이 지금도 믿기지 않습니다."

비로소 그녀가 내 쪽으로 몸을 돌렸다.

그러면서 그녀의 한 손은 이슬람 여인답게 체모(體毛)를 다듬은 제 깨끗한 몸을 천천히 쓸어내리고 있었다.

피로 흠뻑 젖은 내 모습을 보고도 그 행동이 부드럽게 이어지고 있는 걸로 봐서는, 마음의 준비를 단단히 하고 있었던 모양이다.

"그리고 교국의 왕께서도 믿으실지 모르겠지만, 이 몸…… 아직 더럽혀지지 않았습니다."

아밀라 공주가 말했다.

"이 아밀라의 정조가 교국과의 친선 증표가 되었으면 합니다."

지난밤에 아밀라 공주는 본교의 군대를 걱정하고 있었지만, 그것이 얼마나 쓸데없는 걱정이었는지 깨달았던 것 같다.

그녀가 걱정해야 할 대상은 본교의 혈마군도 아니거니와, 그 군대의 수장도 아니다.

바로 '나', 그 자체일 뿐.

"이 아밀라의 정조를 받아 주시겠습니까."

"바란다면."

그녀는 보이는 것보다 가벼운 여자였다.

제2장

공유(共有)

황홀경(恍惚境)에 빠진 아밀라 공주는 한참이나 정신을 차리지 못했다. 발작적으로 뛰는 심장의 고동소리가 겨우 가라앉을 무렵, 그녀는 아직도 남은 여운에 몸을 부르르 떨면서 나를 바라보았다.

나도 옆으로 몸을 눕히며 아밀라 공주를 쳐다보자, 그녀가 사춘기 소녀 같은 부끄러운 얼굴을 잠깐 보인 뒤 두 손으로 얼굴을 가렸다.

"그것은……."

아밀라 공주가 말꼬리를 흐렸다.

"그대의 정조에 보답하는 선물이라고 해두지."

중원에 범람하는 내공심법 중에도 정종(正宗)의 상승 심법이 있듯, 할라 수련법에도 마찬가지다. 미간의 할라를 수련하는 데 있어서만큼 자하라의 할라 수련법, 즉 성 에너지를 이용하여 원기(元氣)를 움직이는 힘의 조절과 궤도 설정은 정종 중의 정종이다.

"하지만 자하라의 눈에 띄지 않도록 유념하거라."

"자하라…… 살라딘의 수련법이었습니까?"

아밀라 공주가 놀라 되물었다. 그녀는 아무런 대답이 없는 내 반응을 긍정의 신호로 받아들이고, 생각 깊은 얼굴이 되었다.

"너무도 과분한 것을 받았습니다."

위험한 것이기도 하지.

"여인의 몸으로 권좌를 유지하려면 힘이 필요할 터. 이제 그것을 어떻게 쓰느냐는 그대에게 달렸다. 이제 일어나지. 해야 할 일이 많지 않느냐."

"대합(對合) 이후에 교국으로 돌아가실 거지요?"

아밀라 공주는 내 대답을 기다리지 않은 채 말을 이었다.

"하면 다음에 또 언제 뵐 수 있는지요?"

"다음에는 본교의 군대도 함께일 것이다. 그대로서는 그날이 오지 않길 바라야지."

"……."

“본좌가 중원을 도모하고 서방까지 눈을 돌릴까 모르겠다만, 하루 이틀 만에 될 일이 아니니 걱정하지 말거라. 정마교와의 전쟁을 통해 북천축은 본교와도 대적할 수 있는 강한 나라가 될 것이다.”

“그렇습니까.”

“본좌에게 어떤 것들을 받았는지 벌써 잊은 듯 말하면 아니 되지.”

“하지만 저는 자신이 없습니다.”

아밀라 공주의 기어들어가는 그 말에 냉소가 지어졌다.

제 입으로는 하렘에만 갇혀 살던 평범한 여인일 뿐이라고 하였지만, 어떤 평범한 여인이 가슴 뚫린 사체가 있는 방에서, 온통 피칠이 된 사내와 첫 경험을 할 수 있겠는가.

아밀라 공주는 제 역할을 충분히 해낼 것이다.

아밀라 공주가 불렀던 시녀들이 목욕물을 가지고 들어왔다. 그녀들은 많은 이들이 죽은 격난의 밤을 보내고도, 방 안의 광경에 소스라치게 놀라는 모습을 보였다.

구석에는 정마교주의 제자가 죽어 있고, 바닥에는 녀석의 몸에서 흘러나온 핏물이 흥건히 고여 있을 뿐만 아니라, 침대와 공주의 몸에는 내가 바깥에서 묻혀온 핏물이 고동색으로 점착되어 있어 공포 영화의 한 장면이 고스란히 재연되어 있었기 때문이다.

공주와 내가 시녀들의 시중을 받아 몸에 달라붙은 피를 지워내는 사이, 또 다른 시녀들의 무리가 방 안을 처음처럼 치우는 데 성공했다.

깨끗해진 방.

우리는 한 번 더 정사를 나눴다. 사람이 죽었던 냄새는 야자즙 향기로 그렇게 조금씩 희석되어 갔다.

원래 큰 내전이 있었고 거기다 정마교가 두 차례에 걸쳐서 숙청을 했기 때문에, 기존의 기득권 세력은 모두 죽거나 외지로 도망쳤다.

직전까지 북천축 정국의 한 자리씩 차지하고 있던 정마교 인물들 또한 지난밤에 모두 사라졌다.

즉, 세대가 완전히 교체된 것이다.

그리고 지금.

아밀라 공주의 어머니가 신뢰하였던 옛사람들이 새로운 내각에 올려졌다.

나는 그들이 모인 자리에서 혈마교주임을 밝히면서 동방교국(東方敎國)은 술탄 아밀라의 우방국이라고 공표, 군대는 들어오지 않을 거라고 분명하게 전했다.

그다음으로 아밀라 공주가 살라딘 자하라를 예로 들어 원로들을 설득했다.

물론 여자 술탄을 반기는 분위기는 아니었다. 그러나 은은히 드러내고 있는 내 기운이 좌중을 압도하고 있었다. 그것은 그들이 내각의 큰 자리에 어떻게 오르게 되었는지 상기시켜주는 일이었다.

또한 모두들 왕가가 바로 서야한다는 데에 동의하고 있는데다가, 아밀라 공주를 대체할 만한 왕가의 인물은 남아 있지 않았다.

그러던 중 원로 한 사람이 우려를 표명했다.

— 저희들도 그렇게 생각하오나, 칼리프께서 인가하실지는…….

모두가 고개를 끄덕였다.

아밀라 공주는 별일 아니라는 듯이 좌중을 쓱 보았다.

— 전지(全知)하신 칼리프께 누구를 보내는 게 좋겠습니까? 술탄의 인가뿐만 아니라 증원도 청해야 하니, 마땅한 사람이 있습니까?

원로가 고민하다가 입술을 뗐다.

— 무함의 아들을 보내시지요.

그런데 대체 이들이 대체 무슨 소리를 하고 있는 것일까?

칼리프는 죽었다. 그것도 본교에 끌려와서 고신을 받다가.

"칼리프는 행방불명이라 들었소만?"

대신들이 있는 자리. 나는 아밀라 공주를 정중하게 대했다.

대신들 중에 중원어를 아는 이들이 따가운 눈총으로 나를 쳐다보았다. 그들의 종교적, 정치적 최고 지도자가 내 입에서 언급된 것이 불쾌한 것이다.

"칼리프께서 돌아오셨다 합니다."

아밀라 공주가 나만 들을 수 있는 작은 목소리로 대답했다.

뭐?

돌아오다니?

죽은 사람이 어떻게 돌아올 수 있단 말인가.

시신을 확인하지는 않았어도, 보고한 당사자가 흑웅혈마였다. 좀비처럼 무덤에서 나올 수도 없는 것이 화장(火葬)하였다 하지 않았던가.

최근 북천축을 다녀왔었던 대뇌마단에게서 그런 이야기를 들은 적이 없다는 사실이 떠올랐다.

대뇌마단은 북천축의 내전을 앞당기는 일 외에, 장로당으로부터 이슬람 제국의 동태 또한 살피라는 명을 받은 바 있었다.

"언제, 누구에게 들었소?"

대신들의 싸늘한 시선을 무시한 채, 아밀라 공주의 대

답을 기다렸다.

아밀라 공주가 대답하길, 바그다드 내각으로부터 어떤 공언이 전해졌던 것이 아니거니와, 세간에 그런 소문이 돌기 시작한 지 삼 일쯤 된다고 하였다.

그러나 아밀라 공주는 물론이고 대신 일체는 구체적으로 아는 게 없었다.

"이제 바그다드에 사람을 보내니, 소문의 진상을 알게 될 것입니다."

대신들이 '전지(全知)한 칼리프께서 바그다드의 사변을 알아차리지 못했을 리가 없다. 화를 피해 있다가 이제 돌아오신 것이다.' 라며 공격적인 말들을 덧붙였다.

그러거나 말거나, 생각에 잠겼다.

칼리프의 생환?

물론 뜬소문일 확률이 높다. 그러나 믿을 수 없는 소문이라 생각이 들면서도 그냥 무시할 수만은 없는 일인 것만큼은 틀림없었다.

놈과 나의 입지 그리고 우리의 원한 관계를 떠나서, 놈은 시공을 무(無)로 지워 버리는 초월적인 능력을 부린 적이 있었다.

화장까지 했던 사람이 부활했다는 것은 말도 안 되는 일이지만, 우주의 일개 미물이 부활한 것쯤은 시공을 무로 되돌려버리는 그 사건들에 비하면 조족지혈(鳥足之血)이라 할 수 있었다.

그동안 나는 상식적으로 납득할 수 없는 무수히 많은 일들을 겪어 왔다.

시공 이동, 선천진기와 후천진기 그리고 마법, 신(神)의 존재, 진과 마신, 인과율과 그 현신(現身)인 모래시계와 드래곤, 평행우주와 타차원 등.

어쩌면 칼리프의 부활 또한 '상식적으로 납득할 수 없는 리스트'에 들어갈 수 있지도 모른다. 그런 가능성을 배제할 수가 없다.

하지만 뭐니 뭐니 해도, 누군가가 혼란스러운 이슬람 정국의 안정을 도모하기 위해 가짜 칼리프를 내세웠다는 가정이 가장 이성적인 판단일 것이다.

어쨌든 칼리프가 생환하였든 아니든, 본교가 가야 할 길에는 변함이 없다. 왜냐하면 칼리프의 생환이 진짜라면 중원을 침공해야 할 이유가 하나 추가되는 것뿐이기 때문이다.

나는 중원으로 돌아갔다.

* * *

어색한 기류가 흐른다.

"……."

색목도왕은 저도 모르게 고개를 설레설레 젓고 있었다.

"소마로서는 교주님의 무위를 가름할 수 없습니다. 전대 교주님을 능가하신 것이옵니까……."

색목도왕이 놀란 표정을 짓는 이유는 내 무공 때문이 아니다. 이틀 만에 내가 그 먼 땅을 다녀왔던 일을 생각하고 있는 것 또한 아니다.

지금과 같은 얼굴을 얼마 전에도 본 적이 있었다. 색목도왕이 정파 잔당들의 처분을 물어 왔을 때, 내가 거기에 대고 포로는 필요 없으니 모두 죽이라고 했던 바로 그때였다.

지금도 내가 델리에서 죽인 정마교도들의 수를 헤아리고 있는 것이 확실하게도, 색목도왕의 얼굴이 딱 그때와 같았다.

쯧. 순진한 사람 같으니라고.

그동안 내가 어떤 길을 걸어왔었는지, 그는 짐작도 못할 것이다. 어김없이 떠오르는 기억의 파편들이 머릿속에서 불긋케 번진다.

"북천축이 정마교를 치는 동안 본교는 중원을 도모할 것이다. 흑웅혈마가 돌아올 때가 되었는데. 아직이더냐?"

색목도왕이 잠깐 멍하니 있다가 정신을 차리며 대답했다.

"금일 내로 입성할 것입니다."

"흑웅혈마가 들어오는 대로 본 교주에게 고하거라. 서재에 가 있겠다."

등 뒤로 나를 계속 응시하고 있는 색목도왕의 시선이 느껴졌다.

서재로 돌아온 나는 운기행공과 공간 이동 마법 네 개의 메모라이즈 작업을 마쳤다. 그리고 다섯 개째 메모라이즈 중에 서재로 다가오는 인기척을 느껴졌다.

그러나 의식 세계에 들어온 이상, 중간에 주문을 멈추기에는 부작용을 생각하지 않을 수가 없었다. 내가 대답하지 않자 서재 문 앞까지 왔던 기운은 왔던 길을 되돌아갔다.

"이 장로가 돌아온 것이냐?"

밖에 대고 묻자 그렇다는 대답이 들려왔다.

잠시 후 내 부름을 받은 흑웅혈마가 나를 찾아왔다. 그에게는 십 일도 흐르지 않은 시간이 내게는 장장 3년에 가까운 시간이었다.

"무탈하시니 다행이십니다."

흑웅혈마가 말했다. 이미 색목도왕에게 언질 받은 바가

있는 것 같았다.

"그대도."

짧게 말했다. 그러면서 흑웅혈마가 그러하듯, 나도 그의 얼굴을 살폈다.

혈마 일군을 이끌며 사천 내(內) 정파 잔당들을 해치우고 다녔던 흑웅혈마였다. 그 일로 하여금 인황에게 수차례 겪었던 수모를 분풀이하는데 도움이 되었으면 했는데, 어느 정도 효과가 있던 모양이다.

기억 속 당시보다 두 눈 속에 힘이 조금이나마 돌아와 있었다.

"색목도왕에게 들었느냐?"

"예."

"하면 암제가 본 교주의 손에 죽은 걸 알겠군. 그대에게는 미안한 일이지. 그대 손으로 직접 한을 풀고 싶었을 텐데."

"아니옵니다. 소마의 무공으로 요원(遙遠)한 일이었습니다. 하면 이제 중원으로 가는 것이옵니까?"

"그리될 것이다. 그런데 지금 그대를 부른 것은 그 때문이 아니다."

"하문하시옵소서."

"서역 제국의 황제를 화장시켰다 하였지?"

"예."

"다른 이에게 시켰느냐?"

흑웅혈마의 눈빛이 대답보다 먼저, 그럴 리가 있겠냐고 반문해 왔다.

사안이 사안인지라, 이슬람 제국의 황제가 본교로 끌려왔다는 사실을 아는 이는 흑웅혈마와 색목도왕으로 국한시켰다.

"헌데 북천축에서 이상한 말이 들리더군. 서역 제국의 황제가 살아 돌아왔다는 것이야."

"그럴 일은 있을 수 없습니다. 유회(遺灰)를 소마의 손으로 직접 뿌렸습니다."

흑웅혈마가 주저하지 않고 딱 잘라 말했다.

"거짓 소문이다. 본 교주 또한 그리 생각하나, 그래도 그냥 넘길 수는 없는 일. 그대가 마무리를 지어줘야겠다."

"교주님의 뜻이 정 그러하시다면, 소마를 파달(巴達:바그다드)로 보내주시옵소서."

"아니. 본 교주가 황제의 목을 칠 때, 그대가 아니면 누가 본 교주의 옆에 있겠느냐? 그대는 본 교주와 같이 하북으로 향할 것이다."

"하오면?"

"서역 물정에 밝고, 셈이 빠르면서, 발 또한 빠른. 그런 교도를 보내거라."

"역용술에도 일가견(一家見)이 있는 이가 있습니다. 그를 보내지요."

*　　　*　　　*

"어떠셨습니까?"

"대전 직전에도 변모하셨네만, 이번에는 그때보다 더 엄정(嚴正)해지셨더군. 본교에 홍복이라면 홍복. 헌데 삼 장로는 아직도 마음이 쓰이는 것인가. 그날 말을 마쳤지 않았는가. 지금까지 이러한 것은 무엄한 일일세."

"무엄…… 무슨 말씀을 그리하시는 겁니까."

"삼 장로를 내 모를까? 설마 교주님의 면전에서도 이러한 모습을 보인 것인가."

"교주님을 곁에서 보필하는 하교로서 염려하는 것뿐이지, 무엄한 마음이라니요. 흑웅 장로라 하셔도 과하신 말씀입니다. 오히려 당금의 교주님을 뵙고도 마음이 쓰이지 않는 흑웅 장로야말로 불충한 것이 아닙니까……. 말이 과했습니다."

"……."

"……."

"삼 장로는 교주님을 아직도 소 교주님으로 보고 있는 것 같네. 무엄하게도, 아니 그런가?"

"무오(戊午)년 유월. 그로부터 채 1년이 조금 지났습니다. 교주님께서 교좌에 오르시던 날, 그날 흑웅 장로께서 저에게 뭐라 말씀하셨는지 기억나십니까?"

"아니 모를까."

"교주님께서 어리시어 심정이 유순하시고 세상의 법도를 모르시니, 본교의 호법이었던 저희들부터가 무례를 각오하고서라도 본교의 앞날을 위하여 교주님을 성심껏 보필해야 한다고 하셨습니다."

"옛말이네."

"옛말이라고 하여도, 불과 한 해 전에 하셨던 말씀입니다."

"일 년. 교주님께서 하루가 다르게 변모하시어, 당금의 모습을 갖추신 것은 본교의 대단한 홍복이네. 해서 자그마치 일 년 만에 본교는 이만치 흥성할 수 있었던 것이네. 그리고 곧 혈마군은 중원으로 들어갈 것이고."

"그 말이 하고 싶은 겁니다. 정녕 흑웅 장로께서는 조금도 마음이 쓰이지 않는 것입니까. 저만 그런 것입니까."

"교주님께서는 혈마의 은총으로, 우리와는 다른 세상을 사시는 분이시네. 우리에게는 1년이지만 교주님께는 아니

네. 누구보다 그걸 잘 아는 그대가 아직까지도 그런 번뇌(煩惱)를 담아두는 것인가."

"흑웅 장로가 회군하던 이틀 동안, 교주님께서는 덕리(德里 : 델리)에 다녀오셨습니다."

"이미 들었네."

"그런데 가는데 하루, 돌아오시는데 하루가 걸리셨다고까지는 말하지 않았습니다."

"이역만리 길을 이틀만이라. 참으로 지고한 경신술이 아니한가! 그러하신 교주님께서 엄정하기까지 하시니, 우리는 당대에 혈천하를 볼 수 있는 것이네."

"흑웅 장로."

"말씀하시게."

"지금까지 몇 사람의 목을 베어보셨습니까?"

"하고 싶은 말이 무엇인가?"

"교주님의 말씀을 들어 보니, 교주님께서는 정마교의 백발오마군(白髮五魔軍)과 정마군 두 개 부대를 홀로 베셨습니다."

"홀로! 헌데 무엇이 문제란 말인가?"

"가름해 보면 그 수가 일천을 족히 넘을 것입니다. 비록 반교의 무리라 하여도, 교주님께서는 하루 만에 일천의 인명을 죽이신 것이 됩니다."

"비록. 비록. 비록이라니! 본교의 단둘뿐인 장로 중의 하나가 바로 삼 장로네. 장로된 자가 아니라 하여도, 교도로서 어찌 그런 말을 입에 담을 수가 있단 말인가!"

"언성 낮추시지요."

"감히 교주님의 성정을 의심하는 것이 아닌가!"

"아무리 별채라 하여도 언성을 낮추십시오. 그리고 의심이 아니라 염려하는 것입니다."

"색목도왕!"

"흑웅혈마야말로 과한 말씀으로 이 사람의 충심을 거짓으로 만들면 안 됩니다. 보십시오. 한 해 전만 하여도 하대가 어려워 공대를 하시던 교주님께서……."

"하교에게 공대라니, 그것부터가 아니 될 일이었네."

"그러신 분께서 이제는 거리낌 없이 인명을 취하십니다. 성정이 달라지셔도 너무 달라지셨습니다."

"그게 무엇이 문제란 말인가? 교도들을 아끼시는 마음은 더욱 커지신 듯한데! 교도들과 우리를 보는 교주님의 눈길에서 느낀 바가 없는가? 바깥의 적들에게 사정을 두지 않는 것은 본교를 위함이시다. 또한 그것은 능히 본교의 교주께서 갖추셔야 할 위엄이시며, 그러한 신위를 발휘할 수 있게 된 당금의 무공은 우리 하교들이 그리도 바라던 일이 아니었던가."

"진노하지만 마시고, 이 사람의 말을 끝까지 들어 보십시오."

"……."

"교주님께서 크게 변모하신 날이 언제인지 아실 겁니다."

"천의의 답신을 기다리던 어느 날이었다."

"그렇습니다. 그날 크게 변모하신 교주님께서는 정도맹주 황월을 치러 가셨으며, 그때부터 이날에 이른 것입니다."

"더는 듣고 싶지 않다."

"그리고 지금으로부터 며칠 전, 교주님께서는 한 번 더 변모하셨습니다. 이전보다 몇 년의 세월이 흐른 모습이셨을 뿐만 아니라, 성정 또한 더욱 엄정해지신 겁니다."

"덕분에 본교가 이만큼 흥성한 것이라고 몇 번이나 말하였지 않은가."

"일 년 전의 교주님과 당금의 교주님은 다르신 분이십니다. 그리고 내일이 될지, 내년이 될지는 몰라도 우리는 다른 교주님을 뵙게 될 것입니다."

"색목……."

"진노만 하실 게 아닙니다. 어떤 교주님을 다시 뵐지 모르니, 우리 두 장로만큼은 마음의 준비를 해 둬야 한다는 겁니다. 정녕 모르시겠습니까? 교주님의 기행을 아는 것은 본교에 우리 둘뿐입니다.”

“그렇다고 하여 교주님의 성정을 의심하려 들다니.”

“답답하십니다. 곡해해서만 들으시지 마십시오.”

“어떻게 변모하신들 교주님이신 것은 변치 않다.”

“그 말이 아니잖소?”

“그러고도 그대가 본교의 교도라 할 수 있단 말인가. 색목도왕.”

“교주님께서는 우리와 다른 세상을 사시고, 그분만의 세월을 가지십니다. 지난 두 번의 전례만 보아도 교주님께서는 내일 당장이라도 어떻게 달라지실지 모른다는 겁니다. 해서…….”

“그래서 반심(叛心)을 품기라도 한 것이냐.”

“끝……끝……끝까지…… 어떻게 그런 되도 않는 말을 할 수 있는 거요.”

“하면 암제에게 수모를 겪었다 하여, 너까지 나를 우습게 보는 것이렸다. 얼마나 나를 우습게보고 있길래, 내 앞에서 반심을 드러내는 것이냐.”

“사람이 어찌 이리 꼬인 것이오. 암제는 또 웬 말이오? 됐소. 흑웅 장로와 본교의 대사(大事)를 논하려 했던 것일 뿐인데, 이리도 곡해할 줄은 몰랐소이다. 그만하겠소. 못 들은 걸로 하시오.”

"이제 와서 못 들은 것으로 하라?"

"내 흑웅혈마보다는 한참 어리나, 동급의 지위요. 하대하지 마시오."

"끝까지 말해 보거라! 끝까지. 어디까지 하나 보자!"

"하!"

"하래도!"

"하면 기왕 말이 나왔으니 끝까지 들어보시오. 삼뇌자가 북천축에서 돌아왔소."

"이미 했던 말이다!"

"삼뇌자가 파달(巴達:바그다드)에서 있었던 일을 들려주었소."

"들려주었는데?"

"서역제국의 그 성도에서 큰일이 있었다 하였소. 자그마치 성도의 군대뿐만 아니라 수백만 명의 양민이 몰살되었고 성도는 완전히 불타, 그런 생지옥이 따로 없었다는 거요."

"이역만리 타국에서 무슨 일이 일어나든, 본교와 무슨 상관이란 말이냐!"

"서역인들은 마신이 강림하였다 하외다. 마신이 수백만 명의 양민을 잡아먹고 사라졌다던데, 그날을 가늠해 보면 교주님께서 서역 제국의 황제를 잡아 오신 날이오."

"그래서?"

"정녕 느끼는 바가 없소?"

"있겠느냐?"

"중원에서는 본교를 사악하다 손가락질하지만, 그것은 본교의 본질을 몰라서 하는 소리요! 본교의 혈천하에서 혈(血)은 위정자(爲政者)들의 피를 말하는 것이지, 양민들의 피가 아니오. 아무것도 모르는 것들이 손가락질하듯 무차별한 학살이 아니라는 말이오."

"설사 교주님께서 파달을 무너트렸다 한들, 그것은 그만한 이유가 있기 때문이라는 것을! 정녕 네놈부터가 모르고 있구나?"

"지금 네놈이라 하시었소?"

"못 할 말은 한 것이냐?"

"하! 전대 교주께서 이왕천물 흑천마검을 왜 멀리하시고, 십 년간 본교를 떠나셨는지 벌써 잊으신 것이오? 또한 교주님께서 도움이 필요하시다면, 처음부터 교주님을 모셨던 우리가 아니면 누가 말씀드릴 수 있단 말이오?"

"보자 보자 하니, 배교도들이나 할 법한 말들만 내뱉는구나. 하교들은 교주님을 성심껏 따르기만 하면 되는 것이다. 네놈이 무엇이라고 감히 교주님을 판단한단 말이냐. 교주님께서 네놈 같은 것에게 마음을 주시니, 네놈 눈에 뵈는 게 없는 것이렸다!"

"흑웅만이 교주님을 성심으로 섬긴다 생각하시오? 그 생각이야말로 오만하고 광오하외다! 이 색목은 교주님과 본교를 위해서라면 백번 죽어, 혼백까지 다 바칠 수 있소. 서로 생각이 다르다 하여 이 색목을 배교도라 말한다면, 더는 용납할 수 없소."

"본교에서 긴말이 무슨 소용이랴. 당장 도를 뽑아라!"

"처음으로 맞는 말을 하시는군! 삼 장로당의 당주이자 혈마 삼 장로 색목도왕은 이 장로당의 당주이자 혈마 이 장로의 흑웅혈마에게 마도무행(魔道武行)을 청……."

*　　*　　*

"아주 좋은 모습들이구나."

화아아악!

내 몸에서 인 뜨거운 바람에 흑웅혈마와 색목도왕의 도포와 머리카락이 사정없이 날렸다. 두 장로가 콧구멍으로는 숨을 펑펑 뿜어내고, 얼굴은 시뻘겋게 상기된 채로 이쪽을 바라봤다.

"교, 교주님."

놀란 둘이 우두커니 서 있다가 동시에 무릎을 꿇었다.

"흥!"

엿듣고 싶어서 들은 게 아니었다. 의식 세계에 들어가는 순간, 본인이 가진 오감이 전부 예민해지기 때문이었다.

누구도 말이 없었다. 둘은 고개를 조아리고만 있을 뿐이었고, 나도 그런 둘의 후두부만 노려보면서 시간이 흘러갔다.

"색목도왕."

내 목소리가 정적을 깼다.

"송구하옵니다. 소마가 이 장로에게 했던 말의 진의(眞義)는……."

"말할 것 없다. 알고 있으니. 전대 교주가 흑천마검을 멀리하였느냐?"

"예."

놀랄 일도 아니다.

"본 교주가 다른 사람이다 느낄 만큼, 그리도 변한 것이냐?"

그때 흑웅혈마가 말하려던 것을, 나는 손을 펼쳐 막았다.

"교주님의 세월이 다르신데, 어찌 변모하지 않으실 수 있겠습니까."

색목도왕이 말했다.

"그리도 당연한 것을 그대는 크게 우려하더구나. 흑천마검을 언급하던데, 흑천마검이 본 교주의 심정에 영향을 미친 것 같으냐?"

"……그렇사옵니다."

"그대가 했던 다른 말들은 귀담아들을 만했어도, 흑천마검을 언급했던 것은 틀렸다. 그대들이 모르는 수년간의 세월들이 있다. 수치스럽고 원통했던 그날들을 본 교주만이 품고 있으려 하였건만 이리되고 마는구나. 본 교주가 어째서 옥제황월을 원수로 여기고 혈마군을 일으켰는지 들려주지. 서역에서도, 옥제황월의 세상에서도 있었던 일도 전부 들려주마. 하면 그대는 본 교주를 이해할 수 있겠지."

쯧쯧.

내가 본 게 맞았다. 역시나 색목도왕은 순진한 사람이다.

나약하기만 한 철부지 따위를 그리워하고 있는 것을 보면…….

* * *

"본 교주가 변모한 날이, 천의의 답신을 기다리던 어느 날이라고 하였지. 맞다. 그날을 기점으로 이후의 모든 시간들이 무(無)로 돌아갔지."

탁상 앞에 앉아 앞쪽의 빈 두 자리를 턱짓으로 가리켰다

"그렇게 서 있지들 말고 앉거라. 긴 이야기가 될 것이다."

흑웅혈마와 색목도왕이 분이 가시지 않은 얼굴로 서로를 노려보다가, 거기에 차례대로 앉았다.

두 장로는 최악에 천년금박행을 각오하는 마도무행까지 논했으면서도, 명색이 교주 앞이라서 자중하려는 모습은 보이고 있었다.

"지금부터 본 교주가 들려주는 이야기들은 본 교주만의 기억 속에 담겨 있는, 지금은 일어나지 않은 일들에 대한 것들이다."

그것으로 이야기를 시작했다.

"천의가 답신으로 본교의 초빙을 거부하였을 때, 본 교주는 직접 호북 죽산으로 갔었다. 그리고 천의의 밑에서 2년가량을 수학(受學)했었다. 거기에서 놈을 만났다. 옥제황월."

색목도왕이 뭔가를 말하려고 했다.

그러자 흑웅혈마가 색목도왕에게 잠자코 있으라는 매서운 눈빛을 보냈다.

"본 교주가 천의의 밑에서 수학했던 것은 본 교주의 세

상에 있는 친우의 모(母)를 치료하기 위함이었다. 천의의 의술을 전수받은 본 교주는 본 교주가 왔던 세상으로 돌아갔었다. 그때 옥제황월이 놈의 능력으로 본 교주를 뒤쫓아 왔었다. 뜻을 이루고 죽산으로 돌아왔는데, 그때도 옥제황월과 함께였다. 그런데 놈이 돌아오자마자 한 일이라는 것이 본 교주의 목숨을 노리는 것이다. 헌데 설아가 제 목숨을 바쳐 그 암습을 막아 냈다. 설아는 그날 그렇게 죽어 해신지(偕神地)에 묻혔다."

흡!

흑웅혈마의 눈이 부릅떠졌다.

"예지몽을 꾸신 것입니까?"

색목도왕이 흑웅혈마를 대신해서 물었다. 이번에는 흑웅혈마도 색목도왕을 막지 않았다.

"예지몽 따위였겠느냐. 전부 들려줄 터이니, 그대들도 곧 진상을 알게 될 것이다. 지금도. 비통에 빠져 있는 본 교주에게 흑웅혈마가 했던 말이 지금도 기억에 남는구나. 설아는 본 교주가 품어야 할 수많은 교도 중에 하나일 뿐이라고, 정사대전을 원치 않는다면 그가 모든 화를 받겠노라고, 본 교주를 위로하였지."

영아와 나는 어렸을 적에 무던히도 싸웠었다.

하루는 기영이 어머니께서 완치된 기념으로 병문안을

간 적이 있었다. 기영이 어머니께서도 내가 영아와 그렇게 싸워댔던 것을 기억하고 계셨다. 기영이 어머니께서 말씀하시길, 내가 그렇게 영아를 괴롭히고 놀려댔다는 것이다.

그러나 나는 그런 기억이 조금도 없었다. 내 기억 속에서 영아는 고집불통에 욕심만 많은 여동생으로, 언제나 싸움의 원인은 영아에게 있었다.

돌이켜 생각해 보면, 흑웅혈마의 위로에 보였던 내 행동은 바로 그런 것이었다.

"그러나 본 교주는 너무도 어리기만 한 것이었겠지. 하늘이 무너지는 심정일 텐데도 본 교주를 위했던 흑웅혈마의 위로가 그리도 듣기 싫더구나. 그대들에게 들려주기로 한 마당에 무엇을 감추겠느냐. 그렇게 본 교주의 세상으로 도망쳤다. 그리고 그로부터 2년 후, 본 교주는 다시 본교로 돌아왔다."

계속 말했다.

"본교로 돌아온 본 교주는 바로 혈마군을 일으켰다. 그래서 옥제황월을 죽여 설아의 복수를 하고, 지금의 사성(四城)을 점령할 수 있었던 것이다. 그 와중에 백운신검 또한 취할 수 있었다."

색목도왕은 내가 하는 이야기들을 어떻게 받아들여야

할지 모르는 표정이었다.

흑응혈마의 다소 격앙된 얼굴도, 설아의 죽음이 언급되었기보다는 직전에 색목도왕과 크게 다퉜던 여운이 아직도 남아 있기 때문으로 보였다.

"사성을 점령한 다음에는 대국과 휴전 조약을 맺었다. 딱 지금처럼 본교는 큰 나라로 거듭났지. 허나 본 교주는 큰 나라를 다스리기에는 재덕(才德)이 없다 생각하였다. 그래서 본 교주의 세상에서 공부하여 돌아오기로 하고, 다시 본 교주의 세상으로 떠났다. 헌데 본 교주의 세상에도 간악한 위정자들이 있어, 본교의 뜻을 전파하면서 2년쯤을 더 보냈다."

"……."

"그대들도 잘 알고 있을 것이다. 본 교주가 타계(他界)로 떠났을 때에는, 본 교주만의 세월을 가진다는 것을 말이다. 그러니 본 교주가 본 교주의 세상에 있던 2년 동안 그대들의 세월, 중원의 세월은 흐르지 않았어야 했다. 그런데 문제가 일어났지."

흑응혈마와 색목도왕은 일단 내 이야기를 끝까지 들어보자고 마음먹은 것 같았다.

"본 교주가 본 교주만의 세월을 가질 수 있었던 이유는 마검이 지니고 있는 이능(異能) 때문이다. 또한 혈마의 은

총이라고만 할 수 없는 것은 신검 또한 동일한 이능을 지니고 있었다."

그 사실을 처음 알게 된 흑웅혈마와 색목도왕은 눈에 이채를 띄며 내 이야기에 점점 빠져들었다.

"본 교주가 타계로 떠났을 당시 신검을 본교에 봉인하고 떠났으나, 신검 스스로 봉인을 깨는 일이 일어났다. 하면 어떻게 될 것 같으냐. 더 이상 본 교주만의 세월을 가지는 것이 아닌, 신검이 봉인을 깬 그 시점에서부터 그대들 또한 자연히 세월의 흐름 속에 살아가게 되는 것이다. 헌데 본 교주는 그 사실을 자그마치 일 년 반 동안이나 몰랐다. 즉, 그 일 년 반 동안 본 교주가 본교에 없던 것이었다."

"그동안 무슨 일이 있었습니까?"

내 얼굴빛을 읽은 색목도왕이 조심히 물어 왔다.

"전대 교주가 십 년간 본교를 떠났음에도 본교는 온전하였다. 비록 배교도 벽력혈장이 허튼 마음을 먹었을지라도 말이다. 허나 본 교주가 본교로 돌아왔을 때, 본 교주의 눈앞에 펼쳐진 광경은, 활활 불타는 혈산과 혈산 초입에 끝없이 펼쳐진 군막들이었다."

그럴 리가!

흑웅혈마가 눈빛으로 목소리를 대신했다.

"멸교(滅敎)……."

색목도왕이 신음 같은 소리를 내뱉자, 흑웅혈마는 차마 입에 담아서도 안 될 말을 한 색목도왕을 무섭게 노려보았다.

그러나 정작 색목도왕보다도 흑웅혈마 쪽의 두 눈이 먼저, 정처 없이 흔들리고 있던 중이었다.

"본 교주가 없던 사이 전쟁이 다시 발발한 것이었다."

내가 말했다.

"적들이 쳐들어온 것이었습니까? 교주님께서 아니 계신 것을 눈치챈 것이었습니까?"

이제는 일련의 모든 이야기들이 예지몽이든, 내가 멋대로 꾸며낸 이야기이든 상관없어진 것 같았다. 색목도왕이 물었다.

"아니. 본 교주가 없던 사이 흑웅혈마가 혈마군을 다시 일으켜 사천을 넘은 것이었다. 혈마군이 사천을 넘자, 중원을 수호해야 하는 사명으로 비밀리에 이어져 왔던 삼황이라는 작자들이 은거를 깬 것이었고, 그들 삼황을 필두로 적들이 운집하여 다시 전쟁이 발발했던 것이다."

"교주님의 하명 없이, 소마가 혈마군을 움직일 수는 없는 법입니다. 본교에 반(叛)하느니 차라리 목숨을 끊었을지언정……."

줄곧 조용히 경청하고만 있던 흑응혈마가 비로소 떨리는 목소리를 냈다.

"그대는 본 교주가 황궁에 감금된 줄 알았다."

내 그 말에 흑응혈마의 입이 바로 다물어졌다. 둘의 시선이 더 깊게 내게로 쏠렸다.

"황궁에 감금된 나를 본 그대는 본교로 돌아오자마자 바로 색목도왕으로 하여금 사천에 있던 혈마군을 동진(東晋)시켰다."

"교주님께서는 타계에 계신 것이 아니셨습니까?"

"맞다. 아마도 백운신검의 계략이 아니었는가, 추정할 뿐이다. 색목도왕이 사천에서 삼황에게 감금된 이후로 혈마군은 패퇴를 거듭하다가 남방으로 뿔뿔이 흩어졌다. 그러는 사이 삼황과 적들이 본교의 성지까지 들어온 것이다."

"……."

"……."

두 장로는 말이 없어졌다. 서로를 힐난하며 격앙된 감정을 감추지 않았던 직전보다, 더 상기된 얼굴로 입술만 부르르 떨 뿐이었다.

설사 내가 꾸며낸 이야기라 할지라도, 그러한 이야기 자체만으로 온몸의 피가 들끓는 듯 보였다.

"본 교주가 본교로 돌아왔을 때에는 혈산이 불타고 이

미 흑웅혈마가 본교의 노약자와 여성, 십만 교도들을 데리고 서역으로 피난길에 오른 뒤였다."

와직.

흑웅혈마와 색목도왕의 얼굴이 처참하게 일그러졌다.

"본 교주는 교도들을 찾기 위해 서역으로 향하였다. 그리고 적지 않은 시간을 서역 땅에서 동분서주한 끝에, 교도들을 찾을 수 있었지. 지극히 먼 서쪽의 땅. 교도들은 그곳에서 늙고 가냘프며 어린 손으로 하루에도 몇 명씩 죽어가며 운하를 파고 있었다. 그래. 서역의 황제가. 놈이. 교도들을 짐승처럼 부리고 있었다."

"찢…… 찢어 죽일 놈. 감히……."

"또한 흑웅혈마의 잘린 목을 본 교주에게 던지며 조롱하기도 하였지. 그 모든 게 본 교주의 눈앞에서 펼쳐졌다."

"그…… 그래서 어떻게 되었사옵니까?"

흑웅혈마가 이빨을 딱딱 부딪치고 있는 가운데, 색목도왕이 물었다.

"서역 황제는 위대한 이능(異能)을 가진 자였다. 일어난 일을 없던 일로 만들어 버리는 이능, 감히 그러한 능력을 누가 상상할 수 있을까."

"일어난 일을 없던 일로 만들다. 그것이…… 무슨 말씀이십니까?"

“서역 황제는 과거의 어떤 세월로 돌아갈 수 있는 능력을 가진 자였다.”

표면상으로 만큼은 그렇게 설명할 수 있었다.

“서역에서는 그들의 황제가 전지(全知)하다고 믿고 있었지. 서역 황제, 놈은 본인이 원하는 결과를 얻을 때까지 세월을 돌렸으니까. 그러니 모든 일에 실패가 없고, 만사를 전부 꿰뚫어 보는 선지안을 지닌 것처럼 보였을 것이다.”

“어떻게 그런…….”

“그간에 어떤 사건들이 있었는지는, 차후에 들려줄 날이 있겠지. 어쨌든 결국 본 교주는 서역 황제를 죽이는 데 성공했다. 또한 서역 황제를 죽이면서 놈의 이능을 이용해 본 교주가 원하는 세월로 돌아왔다. 그때가 언제인지 알겠느냐?”

나는 혼란에 빠진 흑웅혈마가 아닌 색목도왕을 향해 물었다.

약간의 시간이 흐른 후.

“천……천의의 답신을 기다리던…… 그날…… 그날이 옵니다.”

색목도왕이 대답했다.

“설아가 옥제황월에게 죽임을 당하기 전 바로 그날이었

다. 색목도왕 그대가, 본 교주가 크게 변모하였다고 생각한 처음이 그때일 것이다."

더 이상 색목도왕도 흑웅혈마처럼 말을 잇지 못했다.

내가 미쳐버렸거나 악몽을 꿨다고 생각하기엔, 지금껏 그들이 보고 느낀 바가 있었을 것이다.

그러던 문득, 고개가 푹 숙여진 흑웅혈마의 얼굴 밑에서 무거운 목소리가 흘러나왔다.

"소마가…… 아둔하여…… 본교를…… 교도들을…… 죽인 것입니다……."

우는 것일까.

흑웅혈마의 목소리가 반쯤 잠겨 있었다.

"흑웅 장로는 해야 할 일은 했던 것입니다. 자책하시면 아니 됩니다. 이 색목에게야말로, 패전의 책임이 있는 것 아닙니까."

혼란스럽고 참담하기로는 색목도왕도 매한가지였으나, 색목도왕이 진심으로 흑웅혈마를 걱정하고 나섰다.

내 말을 전적으로 믿을지는 그들의 판단에 맡겼는데, 둘의 반응을 보니 우려할 일은 아니었다.

그러한 둘의 반응을 무시하고 계속 말을 이어 나갔다.

"패망하였던 본교도, 죽었던 설아도, 모두 본 교주의 기억으로만 있게 된 것이었지. 색목도왕. 본 교주가 변모하였다고 느낀 그 처음 날, 본 교주는 그러한 7년의 세월을 겪었던 것이었다."

"교주님……."

"하지만 마찬가지로 옥제황월도 서역 황제도 되살아났다. 삼황의 정체도 알게 되었고. 해서 본 교주는 발본색원(拔本塞源)의 마음으로 그들을 처단하려 했던 것이다."

색목도왕이 소리를 내지 않고 의자에서 일어났다. 그는 정작 목소리가 잠긴 흑웅혈마 대신에, 남자의 눈물을 보이면서 내 발밑에 무릎을 꿇었다. 그러고는 무거워 보이는 몸짓으로 바닥에 이마를 댔다.

"며칠 전, 본 교주는 3년의 세월을 옥제황월의 세상에서 보내고 돌아왔다. 그곳에 간 경위야 어찌 되었든, 그 세상에는 본 교주를 피해 도망친 옥제황월이 있었다. 헌데 그 타계(他界)에는 신이라 불리는 존재들이 있었다. 본 교주는 그들 중 하나와 싸웠다. 본 교주는 그 존재 앞에서 너무도 무력하였지. 타계의 술법과 마검이 아니었다면, 본 교주는 몇 번이나 죽었을 것이다. 바위에 깔려 죽은 시신을 본 적이 있겠지? 본 교주가 딱 그 사체 같았다. 그 존재와 싸우면서 몇 번이나 이 몸 안의 내장들을 보았지."

누구도 말이 없다.

흑웅혈마는 진즉에 탁자에서 고개를 늘어뜨린 채로 굳

어 버렸고, 색목도왕은 엎드린 다음부터 죽은 사람처럼 미동도 없었다.

"십 년. 그대들에게 지난 한 해가 본 교주에게는 그렇게 십 년의 세월이었다."

흑웅혈마의 턱에 맺힌 눈물 한 방울이 금방이라도 떨어질 것 같았다. 아니나 다를까, 뚝 하고 떨어져 탁상 위로 넓게 퍼졌다.

"교주님. 어리석은 소마에게는 장로 위가 과분하옵니다!"

색목도왕은 울부짖었고.

"그러한 세월들을 어찌 견디신 것입니까……."

흑웅혈마는 두 손으로 제 머리를 쥐어짰다.

"일어난 일이 아니니, 그대들부터가 자책할 것도 없다. 그 일들을 모두 간직한 본 교주의 책임. 단언컨대 본 교주는 본교에 위협이 될 만한 것들은 그 어떤 것도 남겨 두지 않으리라."

중원 침공은 한 과정에 불과할 뿐.

"그대들도 화근(禍根)으로 여겨지는 것들에는 사정을 둬서는 아니 될 것이다. 색목도왕."

"하명……하시옵소서."

"지필묵(紙筆墨)을 가져오거라."

나는 두 장로가 보는 앞에서 단숨에 글을 써내려갔다.

일필휘지(一筆揮之).

[본좌가 선지(宣旨)하노라. 당금의 연조에 이르러, 부덕한 연왕이 천도(天道)를 잃어, 굶은 평민들은 이웃의 전곡을 약탈하고, 고아와 과부를 보살피는 이 하나 없게 된 지가 여러 해 되었다. 헌데도 연조의 추한 위정자들은 번연히 깨닫는 것이 없는 바, 어질고 신무(神武)하신 혈마의 가르침을 받은 이들로 하여금 추한 위정자들을 섬멸하게 하였노라.

본시 부덕한 연조를 다 휩쓸어 천하의 양민들에게 옷과 양식을 넉넉히 주고 비옥한 땅에서 살게 하려 하였으나, 연왕이 잘못을 읍소(泣訴)하며 도적이 된 양민들을 구휼하고 사리사욕한 위정자들을 처단하겠다 하였으니, 본좌가 측은한 마음으로 그리하라 하였다.

혈마의 가르침을 받들어 산과 바다를 뚫어서 통하게 할 수도 있고 천지를 뒤흔들게 할 수도 있는 이들 십만이 방방곡곡 들어가 치면 태산이 까마귀 알을 누르는 형국이로다.

허나 부덕하고 부끄러움을 모르며 시세를 알지 못하는 연왕과 연조의 위정자들은 바뀌는 것이 없고, 도리어 북천축과 꾀하여 선한 의기(意氣)를 욕보이고 있으니, 그 흉악무도함으로 과연 천도를 잃은 자답도다.

이에 개탄(慨歎)하는 마음으로 기미년 구월 이십팔일 본좌가 황성으로 출타하여 패악한 연왕을 홀로 처단하고, 구월 이십구 일 십만을 서협으로 보내 천하 방방곡곡으로 들어가 치게 할 터이니, 연조는 멸망의 화를 면치 못할 것이다.]

제3장

독보(獨步)

거주한 인구수만 이백만 명이 넘는 동방 문명의 집산지(集散地) 도성.

활발하고 생생한 기운으로 넘쳐야 하지만, 체르노빌 당시와 같은 을씨년스러운 기운만이 감돌고 있다.

좌판 상인들만 봐도 자리를 깔고 앉은 것은 맞는데 누구 하나 호객하지 않고 있을 뿐만 아니라, 손님들마저도 어쩐지 조용하면서도 서두르는 기색이 역력하다. 또한 이열 종대로 이루어진 금위(禁衛) 병사들은 그들의 위압적인 순행과는 별개로, 위화(違和)적인 침묵으로 일관하고 있었다.

누군들 쉽게 거론하지 못하고는 있지만 다들 알고 있다.

기미년 구월 이십팔 일. 그자, 혈마교주가 온다고 하였다.

그리고 오늘이 바로, 이십팔 일 당일이었다.

일대가 착 가라앉았다.

다들 나를 힐끔거리고 있었다.

적막(寂寞).

그것은 곧 이어질 소란을 위한 힘을 비축하는 과정이었다는 듯.

"혈……혈마교주가 나타났다!"

누군가의 외침과 함께 대번에 큰 소동이 일었다.

작은 상인들은 좌판에 올려놓았던 상품들을 허겁지겁 보따리에 쓸어 담고, 객잔이나 유곽 그리고 포목점을 운영하는 큰 상인들은 자산을 지키기 위해 문을 걸어 잠갔다.

누군가의 부인들은 제 불찰을 탓하며 아이를 안아 들어 소요 속으로 사라지고, 세상일에 달관한 듯 늘어져 있던 거지들 또한 표주박까지 내팽개친 채 허겁지겁 골목 안으로 도망쳤다.

꺄악.

그런 비명은 없다. 대신 대번에 일어난 흙먼지가 시야를 뿌옇게 만들었다. 뿌연 시야 안으로 일사불란하게 움직이는 사람들의 모습들이 보였다.

외성문을 부수고 도성으로 들어온 다음부터 나는 계속 일관된 속도로 걷고 있었다. 천천히 걸으면서 만천하의 사람들에게 나를 보여 주고 있었다.

마음껏 보아라. 본좌가 혈마교주니라.

여기 본좌가 있다.

내 전신이 소리 없는 포효를 울렸다.

모두가 나를 방원의 중심으로 삼아 도망치는 가운데, 이쪽으로 다가오는 소수의 인영(人影)이 보였다. 안개와 같이 퍼진 흙먼지 사이로 죽립을 쓴 그들의 모습이 또렷하게 잡혔다. 외성문을 부셨을 때부터 따라붙었던 자들이다.

푸르거나 자주색 빛을 띠는 안광이 그 아래에서 스멀거렸다.

우리는 가까워졌다.

흙먼지가 가라앉자 그들의 외관이 환한 대낮의 햇빛 아래로 분명해졌다.

종남파와 화산파의 잔당들.

푸른색 안광에 검은 도복을 입은 넷이 종남파, 자주색 안광에 청색 도복을 입은 다섯이 화산파. 그렇게 아홉의 노(老)검수가 나를 향해 달려오고 있었으나, 나는 줄곧 그렇게 행했던 천천한 걸음을 유지하였다.

죽어라 마두, 사문의 복수다, 너를 죽이고 나 역시 이 자리에서 죽으리라, 따위의 말들 또한 없다. 처절한 원한.

그 모든 원한이 응집된 살기가 내 정면에서 따갑게 부딪쳐 온다.

악다문 입이, 실핏줄이 시뻘겋게 뻗어 나간 두 안구들이 불구대천의 원수를 향해 저주를 퍼붓고 있는 중이었다.

경신술이나 뿜어 나오는 공력을 보아 하나같이 현문정종의 원로급. 그간 두 현문의 고수들은 무던히도 손발을 맞춰왔던 모양인지 거리를 좁혀오는 합격 또한 완벽했다.

우리는 순식간에 가까워졌다. 정확히는 저것들이 질주해 왔다.

자색(紫色)과 청색으로 혼재된 아홉 개의 기류가 눈앞에서 번뜩였다.

내 몸에서도 일순간 열기가 뻗어 나갔다.

나를 향해 날아오던 기류들이 열기에 휩쓸려 사라지던 그 순간, 죽음을 각오한 얼굴 하나가 불쑥 튀어나왔다.

그것의 턱을 향해 검집 끝을 쳐올렸다.

쉐악.

허공을 베는 소리가 위협적으로 치솟았다.

화산의 노검수는 그의 목숨을 빼앗기게 될 검로를 분명 보았을 텐데도 피하지 않았다.

피할 수 있는 검속(劍速)이 아니었으니, 내게 치명타를 입히고 뒷일은 그와 뜻을 함께한 사람들에게 맡길 심산이었을지도 모른다.

어쨌든 사람이 제 죽음을 알아차린 그때 짓는 표정에는 회광반조와 흡사한 유난히 생생한 기운이 서린다.

노검수의 그 생생한 얼굴이 시선에 확 들어왔다.

동시에 내 가슴을 노리는 그의 회심의 검로 또한 들어왔다.

슥.

그때 검은 형체 하나가 시야 중간을 쑥 스치며 위로 올라갔다.

하악골(下顎骨)을 바스러뜨리고 이빨은 물론이거니와 입 주변의 살점들까지 훑어 버린 것도 찰나, 미간으로 쳐올라간 검집이 뇌를 관통해 두개골을 깨트리며 나왔다. 그 궤적으로 피와 누르스름한 것들이 뿌려졌다.

내 쪽으로 무너지는 노인의 사체를 옆으로 밀어트리며 한 발자국 내디뎠을 때, 바로 정면과 양 측면에서 푸른 도복이 펄럭였다.

이들은 결사대(決死隊)다.

자신의 목숨을 태우면서, 목적은 오로지 하나. 나를 죽이는 것.

그러니까 처음부터 노검수의 역할은 내 시선을 잠깐이라도 빼앗는 것이 목적이었고, 진짜배기는 그다음부터였다.

쉐에엑!

이를 증명하듯 현란한 매화의 자줏빛 궤적이 금세 사방을 채워왔다.

그리고 그 사이사이에서는 네 개의 태을분광검이 찔러들어 온다. 한 획으로 그어진 붉은 선이 공격들을 쳐내고, 점 여덟 개를 빠르게 포착하였다.

인중을 뚫어 후두부로 나온 팔을 빼면서 팔꿈치로 턱을 돌려 치고, 수도(手刀)로 목을 가른 다음 검집 쥔 주먹으로 가슴을 친다. 그리고 발끝으로 턱을 차올려, 떨어지는 발꿈치로는 어깨를 찍고, 회수되는 힘을 탄성으로 되돌려 복부를 친 다음에, 나머지 한 녀석의 정수리를 잡아 얼굴을 비튼다.

한 발자국 내디뎠을 때 그 일련의 공력이 모두 끝나며, 사방에는 내가 남긴 붉은 궤적의 잔영이 천천히 사라졌다.

사방을 에워쌌던 현란한 검로와 틈새로 비집고 나왔던

예리한 검기들 또한 사라지고 없었다. 그 자리에 진한 피 냄새가 물씬 피어올랐다.

대부분 허둥지둥 도망쳤으나 남아 있던 양민들이 있었다. 호기심을 못 이긴 무리들. 비로소 거기에서 으악, 하고 비명이 터졌다.

그들은 나보다도 내 주위에 쓰러진 사체를 보고 있었다.

어떤 사체는 얼굴이 뻥 뚫렸으면서도 사후 경련으로 사지가 벌떡벌떡 뛰고 있었고, 어떤 사체는 엄청난 괴력이 실린 둔기에 짓눌린 듯 어깨부터 복부 안쪽까지 함몰되고 찢겨 내장을 흘리고 있었다.

또 어떤 사체는 얼굴이 등 쪽으로 완전히 돌아가 있었을 뿐만 아니라 반쯤 목의 피부가 터져서 그 속의 근육을 고스란히 드러내고 있었으며, 어떤 사체는 주먹을 빼낼 때 쏠린 갈비뼈들이 가슴 구멍 밖으로 돌출되어 있기도 했다.

그리고 그것들이 쓰러진 자리에는 어김없이 피, 피, 피!

피가 남았다.

지면을 타고 구불구불 흘러가거나, 사체들이 깔고 누운 자리에 고였다.

내 눈빛을 받은 양민들은 점혈된 것처럼 굳어서 입술만 어버버 떨었다.

흥.

무림고수의 싸움이라 하여 아름다울 줄 알았더냐.

썩 꺼져라!

내 눈빛을 받은 것들이 귀신을 본 듯 사색이 되어 도망쳤다.

둥둥둥.

멀리서 몇 개의 북소리가 교차하며 울리던 무렵, 전방과 골목들 사이에서 금위 병사들이 계속해서 나오고 있었다. 투구에 깃털을 단 금위 부장들은 제 병사들을 지시하기에 분주했다.

병사들이 황성으로 가는 길목을 완전히 채워가던 도중에, 좌우의 전각 지붕들 쪽으로 속속 자리 잡는 수백의 기척 또한 느껴졌다.

전방 금위 병사의 일선에서도 나를 활로 겨누고 있지만 전각 지붕 쪽은 그 위세가 남다르다.

궁(弓)은 무인이라면 반드시 갖춰야 할 소양 중의 하나다.

그러나 독문절기로 궁술을 수련하는 곳은 전 중원에 두 곳뿐. 절강에 하나, 광동에 하나. 그러니까 나는 그 먼 곳에서부터 와서 기다린 그들의 기대에 저버리지 않은 것이었다.

쉬익.

비전(飛箭) 하나를 시작으로, 팽팽하게 당겨졌던 시위가 풀리면서 내는 파공음이 쉬지 않고 들렸다. 수백 개의 화살들이 일제히 날아왔다.

예까지 파공음이 들릴 정도의 시위라면 얼마나 질긴 것일까.

꼬리에 꼬리를 물면서 빈틈을 만들지 않은 화살들로 시야가 가득 찼다. 양옆으로 나열해 시선 끝까지 펼쳐져 있던 상가 거리가 화살대와 촉에서 발하는 빛 사이에 감춰졌다.

화살 하나하나가 노련한 검호의 속검에 견줄 만하였으니, 범부(凡夫)라면 와룡의 돛배 꼴이 되는 것을 넘어서 온몸의 살점들이 모래시계의 알맹이처럼 날아가 버릴 기세다.

그러나 지옥 아귀들의 손짓처럼 하늘거리는 빨건 아지랑이가 그것들을 맞이했다. 그러는 십일성 극성의 열기는 내게 접근하는 모든 것들을 엿가락처럼 늘려 버리기 시작했다.

빨건 쇳물이 뚝뚝 방울져서 떨어지고 연기가 피어오르는 와중.

명왕단천공이 나를 채근했다. 명왕단천공은 당장 지붕

위에 활을 쏘는 것들을 죽일 방법을 제시하기에 바빴다.

뻘겋고 퍼런 전기 자극들이 뇌리에서 번뜩여댔다.

그러나 서두르지 않았다. 몸을 날리지도, 경신을 빠르게 하지 않았다.

차분한 걸음 그대로 앞으로 나아가고만 있었다.

정면으로 경악에 물든 금위대장의 얼굴이 보였다. 그러면서도 제 뒤에 자리한 이천여 명에 육박하는 정예 병사들을 믿고 있는 것인지 침착함을 유지한 채, 기다리라는 수신호를 보내고 있었다. 병사들의 대열도 아직은 견고해 보인다.

허나 계속 그럴 수 있을까?

지금. 오늘.

너희들과 내가 속한 영역이 차원이 다름을, 누구도 내게 대적할 수 없음을 알려주리라.

금일을 기점으로 전 중원은 패배주의(敗北主義)에 빠질 것이다.

파앙!

면장에서 뻗친 공력이 전각 하나에 부딪치자, 보이지 않는 거인의 방망이가 휩쓸고 지나간 듯, 폭음과 함께 통째로 날아갔다.

하늘에서 찢긴 사체 조각들이 후두둑 떨어졌다.

네 차례의 장력이 연달아서 터졌다.

걸을 때마다 거기에서 튀어나온 사체 조각들이 채이거나 물컹거리고 미끈거리는 것들이 사정없이 밟혔다.

하늘에서 비 대신 피와 나무 파편 그리고 누군가의 살점들이 떨어지는 광경은 나 또한 반기는 바가 아니다.

허나 나는 힘을 개방하는 데에 조금도 사정을 두지 않았다.

오늘 많은 이들이 죽을 수밖에 없다. 지금 내 앞을 막고 있는 금위군을 시작으로 말이다.

"공격하……."

금위대장이 나를 검으로 가리키며 호령하려던 찰나, 바로 인근에 있던 부장들은 제 얼굴로 튀긴 뭔가를 손바닥으로 쓸어내렸다.

그리고 그것이 누군가의 살점과 피라는 것을 알아차리고는 황급히 옆으로 고개를 돌렸다. 얼굴이 온데간데없이 완전히 터져 버린 사체 하나가 말 등에서 미끄러져 떨어졌다.

그로테스크한 모습으로 죽어 버린 제 대장의 사체를 보고도 부장 중 하나가 명령을 하려 했다.

순식간에 그의 몸을 스치고 지나간 검기가 그의 몸을 두 동강 냈다. 잘려진 단면에서 그 안에 담겨 있던 내장들이 와르륵 쏟아졌다.

아름다운 죽음이 어디 있을까, 일그러진 사체를 다듬는 것은 장의사의 몫이다.

한 발자국 또 내디뎠다. 처음부터 걸음을 멈춘 적이 없었다.

*　　*　　*

병사의 이마부터 사타구니까지 이어지는 정확한 선이 쭉 그어졌다.

두 동강 난 갑주(甲冑)가 병사의 몸에서 떨어지던 찰나, 그의 전신 또한 두부 썰리듯 양옆으로 쩍 벌어졌다. 뼈와 근육 그리고 지방질 안으로 보호받고 있어야 할 내장 기관들이 와르르 쏟아졌다.

그러자 나를 공격하려던 녀석들이 죽은 병사도 하지 못했던 단말마의 비명 소리를 내며, 잠깐 공격을 주춤했다.

전장에서는 너무도 일상적인 광경이거늘, 금위(禁衛)라는 것들이 이 정도에 질겁한다.

중원은 그동안 너무 평화로웠다.

이들 중에 진짜 전쟁을 겪어본 이가 얼마나 될까. 그네들이 갖춘 훌륭한 무장이 무색할 뿐이다.

"악!"

잘린 목 세 개가 피를 뿜으며 허공에 살짝 떠올랐다가 인파 속으로 사라졌다.

그때 나는 다음 걸음을 내딛고 있었다.

계속 똑같은 광경의 연속이었다.

단지 사람의 얼굴만 바뀔 뿐이었지, 그들을 베면서 다음 걸음을 내딛고 나면 죽은 이들의 뒤에 있던 이들이 빈자리를 채워오는 식인 것이 매번 같았다.

그런데 이번에는 비로소 변화가 있었다. 나를 마주한 것들은 정작 도검을 겨누면서도 뒤로 물러나기 시작했다.

하지만 그들의 뒤로는 아직도 많은 병사들이 우글거리고 있었다.

앞의 녀석들이 죽으면 그다음은 본인들 차례라는 것을 모르지 않을 텐데도, 물러서는 앞의 녀석들을 뒷녀석들이 방패 면으로 민다. 아니, 뒷녀석들부터가 저 먼 쪽의 흐름으로부터 밀리고 있었다.

밀어대는 흐름이 처음보다 더 세진 것으로 봐서, 내가 베어낸 숫자 이상의 병사들이 계속 증원되고 있는 것 같았다.

상관없다.

얼마나 증원된들, 자신문(子神門:황성의 정문)으로 향한

거리가 한 걸음씩 좁혀지는 데에는 변함이 없기 때문이다.

"으아아아!"

밀리다 못해, 나를 공격할 수밖에 없게 된 금위 다섯이 소리를 지르며 덤벼들었다.

휙.

그것들의 몸 위에 붉은 선이 그려졌다. 그리고 갈라진다.

얼마나 죽였는지 수를 세지 않았다.

내게 달려드는 것들을 베면서 계속 걸어 나갈 뿐이었다. 그러던 문득 병사들의 어깨 너머로 굳게 닫힌 황성의 정문이 간간이 시야에 잡히는 순간이 있었다.

그 무렵 전방의 흐름은 약해졌고, 내가 유유히 뚫고 지나온 후방의 흐름은 당연히 강해져 있었다. 뒤에는 죽은 동료들의 사체를 밟으며 달려드는 것들이 아직도 많이 남아 있었다.

걸을 때마다 질척거렸다. 누군가의 살점과 내장들이 가죽신 바닥에 눌어붙은 지 오래.

"비켜라! 너희들이 상대할 자가 아니다."

전방에서 사자후가 터져 나왔다.

그러나 병사들의 콧속은 피비린내로 움찔거리고, 두 눈 바로 앞으로는 동료들이 짐승처럼 양단되어 나가는 광경을 실시간으로 보고 있었다. 공포에 질렸고, 피의 열기에 이성을 잃었다.

비록 사자후라 하여도 들리지 않았다.

"이놈들!"

사자후가 한 번 더 터진 끝에서야 멈춰 서는 것들이 있었는데, 도리어 사방에서 밀어오는 동료들의 발아래 깔릴 뿐이었다.

"장군들은 병사들을 멈춰주시오. 마귀는 본인이 상대하겠소!"

우글거리는 도검 사이로 그 큰 목소리가 마지막으로 파고들었다. 그제야 두웅두웅거리던 느릿한 북소리가 둥둥둥둥, 빠른 박자로 바뀌었다.

어쨌거나 나는 계속 걸어가고 있었다. 병사들이 양 측면으로 벌어졌기 때문에 황성 정문으로 가는 길이 훤히 뚫렸다.

백 보가량 앞.

황성 정문 앞에 마치 수문장처럼 우뚝 서 있는 한 장년인이 대도를 땅에 늘어뜨린 채 나를 기다리고 있었다. 안면이 눈에 익었다. 어디서 보았더라.

오래된 기억 속에서 녀석을 기억해내는 데 성공했다. 녀석의 얼굴을 기억해냈다기보다는 녀석의 유난히 큰 병기를 기억해낸 것이었다.

도왕.

삼제오왕십절 중 오왕에 속한 자.

전 시간대에서 죽은 옥제황월을 대신해 새로운 정도맹을 만들어 냈었다. 그 이름이 아마 정협맹이라 했었지.

"피 냄새가 진동해! 정녕 마귀의 꼴을 하고 있음이다!"

녀석이 일갈을 토하며 곧장 지면을 박찼다.

쇄도해 들어오는 기세가 더해진 거대한 도가 금방이라도 괴력을 발휘할 듯 꿈틀꿈틀거렸다.

기특한 명왕단천공이 녀석의 독문절기를 금방 뇌리 안으로 전달했으나, 전 시간대에서와는 달리 녀석 따위를 상대하는 데에 명왕단천공의 도움이 필요 없었다.

녀석이 삼십 보 앞에서 붕 떠오르면서 강맹한 기운으로 일렁거리는 도를 어깨 뒤까지 젖혀 올렸다. 그러고는 그것을 휘두르며, 순식간에 내 머리맡으로 떨어져 내렸다.

근사한 풍압(風壓)이 먼저 터져 나왔다.

후웅!

그것이 내 머리칼에 얽혀 있던 핏물들을 사방으로 흩뿌리던 그 순간, 행로 양측으로 길을 벌렸던 병사들의 얼굴이 딱 굳었다.

모두들 허공에서 오체분시되어 떨어지는 도왕의 마지막 모습을 보고 있었다.

등 뒤로 무거운 덩어리들이 떨어지는 소리가 들렸다. 붉은 물감 통이 엎질러진 듯, 거기에 터진 피가 내 진로 앞까지 길게 튀었다.

두웅. 두웅.

북소리가 다시 처음처럼 바뀌었다.

느릿한 박자, 공격 신호다.

그러나 당장은 누구도 움직이지 않았다. 호령하는 장군들의 목소리만 허공을 찔러댈 뿐이다. 내가 성문을 부수며 황성의 영역 안으로 발을 딛고 나서야 움직이는 것 같았다.

성문을 부수며 들어갔을 때 수많은 화살들이 빠르게 날아들었다. 바깥이 어떤 상황인지 모르는 궁수들은 아직 표정만큼은 비장했다.

하지만 내가 그들이 쏜 화살들을 일거에 날려 버리고,

내 뒤쪽으로 누가 보더라도 강압에 의해 어쩔 수 없이 쫓아 들어오는 금위군들이 보이자, 궁수들의 표정이 어리둥절하게 변했다.

쏴라 계속 쏴라, 궁수 부대를 지휘하는 대장들이 그렇게 외쳐 댔다.

화살은 계속 날아들고, 나도 이열 횡대로 길게 늘어선 궁수 부대와 점점 가까워지고 있었다. 내 뒤쪽과 양옆으로 쳐들어오던 것들은 정작 나보다도 앞에서 날아왔던 화살들에 더 죽어나갔다.

"퇴(退)!"

궁수 부대가 허겁지겁 퇴각하려던 때, 그 일대가 크게 폭발했다.

주인 잃은 사지가 사방으로 날리는 그곳에 천강혈마검법(天降血鬼劍法)의 검흔인 혈귀의 얼굴 문양이 뚜렷하게 남았다.

음각처럼 파인 그 굴곡을 따라서 핏물이 주르륵 흐르던, 그 순간이나마 황궁의 정경이 확 트였다. 그러나 빠르게 뒤쪽에서 밀어온 금위군과 전방에서 나타난 새로운 금위군 부대들로 인해, 나는 금세 인파 속에 또다시 파묻혔다.

보이는 것이라곤 온통 적군의 얼굴들과 그들의 도검들

뿐이다.

그래도 방향은 잡았다.

북쪽.

황제의 집견실이 있는 대전 쪽으로 썩 괜찮은 기운들이 운집해 있다.

개중에는 내가 생각하는 '그것들' 로 여겨지는 기척이 있어, 그 존재감을 고요하게 드러내고 있는 중이었다. 끊임없이 달라붙어지는 주위의 것들을 계속 베면서 그쪽으로 향했다.

그러다 두 개의 인벽과 마주했다. 대전으로 올라가는 돌계단과 그 정문 문 앞에 각각 삼천이 넘는 인벽(人壁) 두 개가 세워져 있었다.

지금까지 것들이 나를 죽이는 게 목적이었다면 그들은 조금 달랐다. 결국 나를 죽여야 한다는 것은 매한가지라지만, 그들의 목적은 내가 대전 안으로 들어가지 못하게 하는 데에 있었다.

그래서 그들 육천은 나를 공격하기보다는 방벽의 진(陣)을 유지하려고 했었으며, 하나하나가 제대로 된 무공을 익히고 있었다. 이른바 팔십만이라고 주장하는 정병 중에서도 추리고 추려진 정예 중의 정예, 황제 직속 친위군이라는 것이다.

어떤 녀석을 가로 베고 한 발자국 더 나아갔을 때, 바로 그것들의 첫 대열과 마주할 수 있었다.

그것들은 거대한 파도가 느릿하게 밀려오고 있다는 것을 직접 느끼고 있었고, 단단히 마음의 준비도 해 뒀을 것이다.

그럼에도 불구하고 나와 대면하게 되었을 때 그것들의 눈빛이 흔들렸다.

첫 녀석을 가르며 그 안으로 들어갔다.

삼천에 달하는 인벽이라고 해봤자, 막상 내가 향하는 방향의 선상(線上)에 있는 것들은 사방위를 합쳐 이백을 조금 넘을 뿐이었다.

두 번째 인벽도 마찬가지.

진형이 뚫린 그것들이 근위군과 얽혀서 측면과 후방에서 밀려들었다. 대전 지붕 위에 잠복해 있던 것들도 뛰어내렸다.

그러나 내 코앞에는 이미 대전의 정문이 있었다.

나는 헤아릴 수 없을 정도로 많은 병사들을 대동한 채로 나무 문짝을 날려 버렸다.

바로 그 순간.

사방이 뿌연 안개로 가득 차면서 진한 난향(蘭香)이 났다.

*　　*　　*

가만히 넋 놓고 앉아서 나를 기다리고 있을 거라고는 조금도 생각하지 않았다. 기문진(奇門陳)뿐만 아니라 무시무시한 절세의 기관들이 몇 겹에 걸쳐서 성난 송곳니를 들이민다 할지라도, 조금도 이상한 일이 아니다.

아무것도 보이지 않는 가운데 몇 초간은 조용했다.

그러다 한 시점에 이르러서 방위가 빠르게 바뀌는 것이 느껴졌다.

휙휙.

저절로 바뀌는 것이 아니다.

이 기문진의 방위는 어떤 주문이나 부적 그리고 방위의 상(象) 따위에 결정되지 않고, 그 주체가 인간에게 있었다.

총 여덟 명.

여덟 명의 움직임이 방위를 결정하고 있었다.

방위가 사정없이 바뀌기 때문에 생로를 찾을 수 없다. 더욱이 그 여덟의 무공이 뛰어날수록 기문진의 힘이 증가하게 되니, 사람만 잘 세워놓았다면 나를 대적하기로는 이만한 기문진도 없을 것이다.

스윽.

신형을 비틀자 처음으로 날카로운 공격이 목덜미를 스치고 지나갔다.

거기에서 일었던 강한 쏠림에 목의 살갗이 살짝 찢겼다.

비록 순간이나마 내 호신강기를 뚫고 들어올 정도라면, 내가 찾고 있던 놈들 중에 하나라는 것인데.

"큭큭……."

누구냐?

누가 여기에 있느냐.

바로 그때, 바뀌려는 방위의 움직임을 빠르게 포착했다.

안개 속으로 불쑥 손을 집어넣자 한 녀석의 목덜미가 손아귀에 가득 잡혔다. 처음에 나를 공격했던 놈과는 달리, 반사적으로 끌어 올린 그것의 공력은 수준 미달에 불과하다.

목을 형성하는 뼈 구조물의 윤곽이 손바닥 안으로 생생하게 느껴졌다.

그것의 목을 움켜쥔 채로 열기를 끌어 올리며 주먹을 쥐었다. 아무것도 보이지 않고 들리지 않지만, 손아귀로 전해지는 촉감이 다른 감각들을 대신하고 있었다.

그것의 비명이 들리지 않으면서도 들렸고, 그것의 사지

경련이 보이지 않으면서도 보였다.

녀석의 축 늘어졌을 목에서 손을 떼며 팔을 몸 안쪽으로 당겼다.

쇄!

예리한 기운 하나가 한끝 차이로 허공을 스치고 지나갔다. 조금만 늦었더라면 팔이 날아갔을 것이다. 그러나 거기에서 어떤 위협을 느꼈다기보다는 감탄이 절로 나왔다.

수백여 개의 이미지가 전달되어왔던 이전들과는 달리, 당장은 어떤 이미지도 들어오지 않고 그저 고요하기만 했다.

명왕단천공이 작동하고 있지 않았다.

이는 시야가 통제되어 있기 때문이 아니다. 기문진의 어떤 공능에 인해서 그렇게 되는 것 같았고, 그 공능이 무엇인지 대충 추정할 수는 있었다.

당장 시야를 막고 있는 뿌연 안개는 환술, 방위의 상(象)에서 나오는 결과물이 아니라 뇌신경학적인 측면에서 접근되어야 한다.

흥미롭게도 기문진은 대상의 뇌에 직접 간여하고 있었다. 그러니까 나를 둘러싼 안개의 진정한 정체는 어긋난 인식 체계의 결과물이었다.

즉, 내게는 안개로 느껴지지만 다른 누군가에게는 어둠이 될 수도 있다는 말이다. 애초에 안개는 그렇게 보이기로 의도된 것이 아니라 내 무의식의 반로인 것이다.

"이렇단 말이지."

그저 뛰어난 기문진이라고 생각했던, 그 생각을 바꿔 먹었다.

기공(奇功) 명왕단천공을 성명절기로 삼은 혈마교주를 상대하기로는 세상에 이보다 나은 기문진은 존재하지 않을 것이다. 이만하면 적들은 제대로 된 준비를 해 둔 셈이다.

휘리릭.

몸을 풀쩍 띄웠다.

인과(因果)를 빠르게 계산한 결과물, 그 이미지들이 들어오지 않으니 모든 건 내가 직접 판단하고 본능에 맡겨야 했다.

아니나 다를까, 몸을 띄우자마자 형(形)이 없되 예기(銳氣)를 지닌 뭔가가 내가 본래 있던 자리를 갈가리 찢고 지나갔다.

독특한 기문진.

여덟 방위 중 하나를 담당하는 것을 이미 제거했는데, 기문진에 균열이 없다. 한 번 펼쳐진 이상 모두 제거할 때까지 생로가 열리지 않는다는 것인가.

"그렇다면 다 죽여주마."

검집에서 모습을 드러낸 마검이 검은 빛을 잠깐 번뜩였다가, 십이양공에 화(和)하여 검붉은 검기 열두 개를 뿜었다.

바로 그 순간 내 공력에 맞서는 어떤 기운이 튀어 올랐다.

하나가 아니라 두 개.

사방으로 뻗친 열두 개의 붉은 선이 직경 1미터 앞을 나아가지 못하고 막혔다.

맞선 기운을 뚫으면 열두 개의 선이 수없이 교차하며 거미줄같이 복잡한 검망으로 변할 것이고, 뚫지 못하면 컷팅테이프 마냥 속절없이 잘려버릴 것이다.

쉴 새 없이 찔러 들어오는 공격들을 피하며 검로를 계속 유지했다.

이쯤 되니 알 것 같았다.

천하에 수없이 많은 사람들이 있으나, 나를 대적할 자는 본래부터 셋에 불과했다. 옥제황월의 벽력공(霹靂功)에는 그 특유의 자기(磁氣)가 깃들어 있는데 여기에서는 그것이 조금도 느껴지지 않는다.

그렇다면 뻔하다.

천황과 지황.

검기 열두 개가 뿔뿔이 흩어지는 그 순간, 누군가의 움직임이 포착됐다. 보이지 않아도 깊숙이 들어오는 기세가 느껴진다.

안 돼!

내가 천황과 지황이었다면 녀석을 향해 그렇게 외쳤을 것이다.

들리지 않지만 들리고, 보이지 않지만 보인다.

녀석은 출수를 되돌리기에는 너무 깊이 들어와 있었다.

분명 검망십이로가 파훼되었을 때 틈이 생긴 것은 맞았다. 공명심 때문일까? 진의가 무엇이든 비로소 보인 기회를 놓치고 싶지 않았을 테지. 하지만 그 허튼 마음이 녀석의 운명에 종지부를 찍었다.

쏴악.

검망십이로가 파훼되며 회수되었던 기류가 만월(彎月)처럼 휘었다.

검자루를 통해 고스란히 전달된다.

부드럽게 썰리는 것은 근육질이고 이어 닿는 것이 뼈다. 헌데 처음에 닿은 뼈가 두 번째 닿았던 뼈에 비해 상대적으로 얇았다. 바로 몇 개의 뼈가 더 걸리면서 물컹한 장기와 두터운 한줄기의 뼈를 동시에 벴다.

그렇게 전달된 느낌과 검의 궤적으로 미루어 판단할 때.

내 검은 낮은 각도로 들어가 녀석의 쇄골과 견갑골을 관통해, 척추와 심장을 동시에 베고 바깥으로 빠져나온 것이었다.

과연, 한 치 앞을 가린 안개 속으로 미끌거리고 물컹한 것들이 밟혔다. 얼굴에도 녀석의 선혈이 튀었다. 피 냄새가 코를 간지럽혔다.

이제 남은 것이 여섯이라지만 천황과 지황을 제외한 나머지 넷은, 그저 기문진을 여는 열쇠에 불과하게 느껴질 뿐이었다.

잔챙이들.

"걸리적거리는구나."

그렇게 중얼거리며, 드래곤의 금안(金眼)을 향해 뻗었던 일선탈명검법(一線奪命劍法)의 검로를 개방했다.

푸욱.

안개 속으로 마검을 찔러 넣는 순간 바로 반응이 왔다.

대상은 황급히 피하려 했지만 그럴 수 없었고, 천황과 지황도 그 공격을 대신 받아 주지 않았다.

대상의 두개골을 뚫었던 그 시점에서 급히 검자루에서 손을 떼며, 좌우 측면을 향해 반사적으로 쌍장을 뻗었다.

파앙!

두 손바닥의 한 치 앞으로, 찔러 들어오던 두 기운과 충돌했다.

내 단전에는 인간이 후천적으로 쌓을 수 있는 기운의 총량이 담겨져 있다. 그러나 그것은 비단 내 이야기만이 아니다.

나는 양쪽에서 찔러 들어온 두 기운을 받자마자, 내상을 감수하면서 공력 대결을 받아 주지 않았다. 그러자 두 예리한 공격이 더 깊숙이 파고들어왔다. 모두 피할 수 없다.

하나를 내줄 수밖에 없다는 생각이 퍼뜩 뇌리를 스치고 지나갔다.

이전 같았으면 타계(他界)로 몸을 피하고 보았을 텐데, 지금 내게는 그 위기를 기회로 바꿀 수 있는 회심의 비책이 있었다.

몸을 틀던 바로 그때 불길에 휩싸인 듯한 화끈한 통증이 왼팔에서 번졌다. 하지만 나도 그렇게 쉽게 팔을 내주기만 한 것은 아니었다.

지황으로 추정되는 녀석의 어깨를 움켜잡는 데 성공했다. 지황인 것이 분명하게도, 그 작은 몸체가 손아귀에 가득 들어왔다.

내가 지황의 어깻죽지를 잡아 뜯었을 때, 내 왼팔도 피를 뿌리며 안개 속으로 떨어지는 게 보였다. 절단면으로 지렁이 같은 실핏줄을 늘어트린 채 말이다.

"크윽."

지황은 아마도 죽었다.

놈의 어깻죽지를 뜯었을 때, 옥제황월의 한 팔을 취했을 때보다도 더 진한 느낌이 들었다.

필시 심장으로 이어지는 동맥도 함께 쓸렸거나, 심장부터가 먼저 그 충격을 못 이기고 한쪽 면이 터져 버렸을 것이다. 인간이라면 그런 치명상을 입고도 살아남을 수 없다.

그러던 때, 잔존해 있던 세 명에게는 내가 상처 입은 짐승쯤으로 보였을 것이다. 천황의 연격이 들어오는 그사이에 셋의 총공격이 일시에 들어왔다.

셋 중 둘은 무당과 소림이로구나.

태극의 묘리에 이끌린 기운이 정면으로 쳐들어오고, 웅후한 금강의 장력이 위에서 아래로 내리꽂고, 다른 누군가의 쾌검이 바닥을 쓴다.

태극 안으로 빨아들이는 힘, 태산을 옮겨버릴 듯 밀어내는 힘.

그 두 힘이 과연 정종(正宗)의 절학답다. 당기고 미는 힘이 정면과 상부에서 균형을 유지하며 들어오면서, 아래로는 쾌검이 빈틈을 노린다. 실로 박수를 쳐줄 만한 합공이다.

쏜살같이 손아귀로 돌아온 흑천마검을 움켜쥐면서 허공에 몸을 눕혔다.

태극의 의도대로 몸이 뱅그르 돌지만 쾌검을 피할 수 있었고, 위에서 떨어지는 장력을 향해 검을 휘두를 수도 있었다.

후두둑.

안개를 뚫고 쏟아진 소림의 내장이 내 배 위를 미끄러져 바닥까지 떨어졌다.

비로소 독니를 드러낸 쾌검이 내 등을 노리고 날아드는 것을, 나는 바닥과 함께 쾌검 주인의 목을 동시에 가르는 것으로 화답했다.

태극의 기운이 내 몸을 뱅글 돌리는 동안, 내 몸 안의 피도 한쪽으로 쏠렸다. 왼팔의 잘린 단면에서 피가 분수처럼 쏟아져 나오면서 정신을 흔들어 대지만, 무당에게 한 수 뻗지 못할 정도까지는 아니었다.

마치 내가 무당을 공격하길 기다렸던 것처럼, 무당을 양단(兩斷)하자마자 천황의 공격이 와락 덮쳐 왔다.

나의 검망십이로처럼, 놈의 검기가 사방을 에워싸며 들어온다.

지금에야말로 상처 입은 저 악랄한 짐승의 숨통을 끊어 놓고 말겠다는 강한 의지가 거기에 가득 실려 있었다.

팔이 잘려나갔을 때의 쇼크는 이겨냈지만 너무나 갑자기 많은 피를 흘린 탓에, 입술이 의지와 상관없이 바들바들 떨리고 오한을 느끼고 있었다. 물론 정신도 점점 아득해지고 있다.

놈의 공격은 '그런 나'의 숨통을 끊어 놓기에 충분했다.

그러나 누구도 예기치 못했을 그것이 내 입술 사이로 토해져 나왔다.

순식간에 나타났던 하얀 빛무리가, 나타났던 그 찰나의 속도로 내 몸 안에 스며들었다.

팔이 돋고 정신이 선명해졌다. 흔들리던 세상 또한 분명해졌다.

형(形)이 보이지 않는다 하여 존재하지 않는 게 아니다.

생생하게 잡힌 그것들을 향해 휘두르는 마검의 궤적에서부터 안개가 밀려 나가기 시작했다. 검붉은 검기가 의념을 지닌 생물처럼 자연스럽게 움직였고, 순간 놀란 녀석의 의념이 읽혀졌다.

흡!

머리 위로 피가 뿌려진다. 눈가로 흥건히 묻은 피를 쓸어 넘기자 안개 속에 감춰져 있던 주변 광경이 대번에 드러났다.

정지 버튼을 누른 듯 모두 멈춰 있었다. 다만 눈만큼은 끔뻑끔뻑 움직인다.

천황으로 추정되는 노인이 바로 내 앞에서 나를 노려보고 있었다. 그러던 그의 몸이 선 하나가 쭉 그어지면서, 그 선을 단면으로 한 상부의 몸뚱이가 뒤로 넘어갔다.

싸움은 그렇게 일단락됐다.

사체들이 남긴 피와 내장 그리고 무거운 살점들이 아무렇게나 쌓여 있었고, 나는 그 중심에 오롯이 서 있었다.

사체들 중에서 생각대로의 모습 그대로인 지황을 발견했다. 어린 몸을 하고 있었기에 찾기 쉬웠다. 한쪽이 완전히 뜯겨져 있었는데, 놀랍게도 아직 숨이 붙어 있었다.

좌중의 시선을 무시하며 지황을 향해 말했다.

"실망스럽구나. 고작 이 정도로 본좌를 막을 수 있을 것 같더냐."

공허하게 천장만 올려다보던 그 작은 눈동자가 내 쪽으로 스윽 움직였다.

"하물며 천황이란 것은……."

결과적으로 나는 그동안 쓸데없는 걱정을 한 모양이다.

천황은 지황보다는 높은 경지의 고수가 분명했지만 그 차이가 인황과 엇비슷한 정도에 불과했다.

외모 또한 그렇다.

선풍도골(仙風道骨)의 신선 같은 풍모를 지녔을 줄 알았으나, 내 앞에서 두 동강 난 사체의 주인은 늙디 늙어 미라와 다를 바 없는 몰골이었다.

그러던 그때 기분 나쁘게 올라가는 지황의 입꼬리가 보였다.

제4장

마귀의 얼굴

"흐, 흐흐흐……."

지황의 피를 울컥울컥 뿜어내면서도 웃음소리를 흘렸다.

내가 자하라였다면, 그 웃음소리에서 녀석의 진의(眞意)를 읽어냈을지도 모른다. 하지만 내 미간의 할라는 그만큼 원숙하지 못했다. 불현듯 언젠가 들었던 폭렬화화대법(爆裂火火大法)이 떠올랐다.

철고산은 태산만큼 높고 우람하다. 그런데 동쪽에서 봤을 때만 그렇다 하고, 서쪽에서 봤을 때에는 신이 귀부(鬼斧)로 내리친 듯 수직으로 떨어지는 절벽뿐이라 했다.

무림 전설에서는 그 기형적인 외관을 서역에서 온 괴승

이 동귀어진의 한 수로 행했던 폭렬화화대법의 자취라고 설명했다.

그동안 그 전설을 믿지 않았다. 하지만 선천진기의 잠재력을 알게 된 이후부터는 폭렬화화대법이 전설상으로 취급될 만한 대법이 아니라고 생각하게 되었다.

두 원자핵이 융합될 때 뿜어내는 막대한 열량을 생각해 보라.

하물며 소우주의 근원인 선천진기와 후천진기를 제대로 충돌시키고 그 에너지를 바깥으로 일시에 터트릴 수 있는 방법이 존재한다면, 산 반쪽을 날리는 일 따위는 거기에서 미치게 될 진정한 힘의 백분지 일도 되지 않을 것이다.

그래서 원기의 움직임에 집중했다.

그러나 지황의 원기는 내가 신경을 써야 할 만한 어떤 이상한 움직임 없이, 죽어가는 자들에게서 능히 보이는 그러한 움직임만을 보이고 있을 뿐이었다.

그런데…….

원기의 총량이 터무니없이 적은 게 아닌가?

사람이 죽어도 원기는 바로 소멸되지 않는다. 죽은 자리를 맴돌다가 천천히 흩어지는 데, 영감이 뛰어난 자들이 그 기운을 혼백으로 오인하는 경우가 왕왕 있어 왔다.

이것이었다!

지황이 웃는 이유를 알아냈지만 조금도 기쁘지 않았다. 지황뿐만 아니라 천황 쪽의 상황도 동일하기 때문이었다.

기문진 때문에 감춰져 있었던 사실이 비로소 드러났다. 천황과 지황, 두 놈은 처음부터 죽어 가던 몸으로 나를 기다리고 있었던 것이다. 즉, 내가 행차하지 않았어도 시간이 알아서 두 놈을 죽였을 거라는 말이다.

쫙 펼쳐진 손아귀 안으로 지황이 빨려 들어왔다. 그 작은 몸이 내가 힘을 주는 방향에 따라서 흐느적거렸다.

"놈에게 전부 넘겼군."

지황, 인황, 천황.

삼황의 선천진기가 모두 호위 놈, 우적에게 흘러들어갔다고밖에 볼 수 없다.

참으로 불쾌한 소식이 아닐 수 없다. 내 표정을 읽은 지황의 미소가 더욱 짙어졌다. 고통보다도 당장 드는 만족감이 더욱 큰 모양이다.

"교…… 교주…… 의 비기(秘技)는 잘 보았소…… 그……그의 조언이 틀리지 않았구려…… 참으로……어려운…… 결정……결정이었소. 흐, 흐흐……."

그의 조언?

"저……승에서…… 기다리겠소……."

지황의 눈이 사르르 감겼다.

그 순간 숨을 죽이고 있던 장내가 크게 움직였다. 장내로 들어온 친위군들이 일사불란하게 포위망을 갖추고, 본래부터 장내에 있던 무림인들과 또 다른 병사들은 다시 나를 겹겹이 에워쌌다.

황제는 그들 인파 속에 파묻혀 보이지 않았다. 틈과 틈 사이 저 끝자락으로, 황제의 황색 곤룡포 일부분이 보였다 사라지길 반복하고 있었다.

"다.가.오.는.순.으.로.죽.을.것.이.다.저.승.길.도.찾.을.수.없.도.록.두.눈.을.뽑.아.죽.여.주.지."

내 입에서 저음의 음산한 음성이 흘러나왔다. 그러는 동시에 살의(殺意)로 집약된 뻘건 아지랑이가 허공에서 꿈틀거리고, 내 주위에 자리하고 있던 사체들의 두 안구는 펑펑 터져 나갔다.

위협이 통했다. 나를 향해 조심한 걸음을 내딛던 이들이 뚝 멈춰 섰다.

숨이 넘어가고 있는 지황을 향해 시선을 내려트렸다. 놈의 만족스러운 미소가 시야에 한가득 차 들어온다. 후회 없는 죽음이라는 것이다.

하지만 놈에게는 심히 안타깝게도, 놈의 숨이 완전히

끊기지 않았다.

나는 짧게 중얼거렸다.

"Ρεςτωρατηων"

놈의 주위로 떠오른 순백의 빛무리가 놈의 몸 안으로 빨려 들어갔다.

견갑골을 시작으로 뼈대가 자라나고 사이사이로 신경다발들이 촉수같이 뻗어 나갔다. 그 위에 근육과 지방이 입혀지면서 피부 위로 윤기가 흐르던 그 찰나, 나는 신경을 써서 놈을 혈도를 짚었다.

놈의 체내 안에서 강맹한 호신(護身)의 기운이 용수철처럼 튀어 오른다지만, 내 쪽이 반 박자 더 빨랐다.

지황이 놀란 눈을 부릅떠서 나를 쳐다봤다. 좌중들도 단발마의 비명과 흡사한 탄성을 터트렸다.

휘익.

손을 저었다.

황색 곤룡포까지 닿는 선상(線上)에 있던 것들이 아무렇게나 튕겨 날아갔다. 겁에 질린 황제의 얼굴이 쭉 뚫린 길 저편으로 고스란히 드러났다.

쏴아아악.

황제가 내 쪽으로 빨려 날아왔다.

황제가 지나치는 경로 인근에 있던 것들이 부랴부랴 황

제를 붙잡으려 했으나, 황제가 날아오는 속도는 그들이 어찌할 수 있는 속도가 아니었다.

"살, 살려 주세요. 저, 저는 아닙니다. 저는 폐, 폐, 폐하가 아닙니다."

"알고 있다. 곤룡포만 입고 있으면 되니라."

"그, 그게 무슨…… 살려 주세요! 살려 주세요오오오오! 제바아아아알!"

가짜 황제가 좌중들을 향해 소리치며 발광했다. 그러나 누구도 섣불리 나서질 않는다. 보아하니 그가 가짜 황제라는 것을 알고 있던 인물은 한 손에 꼽을 정도에 불과한 것 같았다.

가짜 황제마저 아혈을 짚어 버리자, 장내에는 끔찍한 정적만이 감돌았다.

"너희들의 황제는 본좌가 두려워 쥐새끼 같이 숨었구나. 하늘의 명을 받아 만민(萬民)의 다스린다는 자가 위엄을 잃고 짐승이 되길 자청했으니, 곤룡포를 건네 입은 이 자야말로 황제가 아니고 무엇이겠느냐."

나는 두 놈을 양손에 하나씩 움켜쥔 채 모두를 향해 말했다.

"자 누가 본좌의 손아귀에서 황제를 구해 보겠느냐?"

하지만 아무도 나서지 않고 눈치만 본다.

"흥!"

여기서는 더 이상 볼일이 없다 생각하고, 문이 뜯겨져 나간 뒤쪽으로 몸을 돌렸다.

그쪽에 자리하고 있던 병사들이 잔뜩 긴장된 모습으로 도검을 겨누기는 하지만, 얼굴이나 겨눠진 도검의 끝 어디에서도 전의를 찾을 수가 없었다.

바깥으로 걸음을 옮겼다.

그러자 그쪽 병사들이 소란을 떨면서 물러서기 시작했다.

반경 십 미터 바깥으로 둘러진 포위망이 나를 따라서 움직이고는 있었다.

그러나 나를 공격해 왔던 것들이 한 명도 빠짐없이 명을 달리하는 것을 보아 왔던 어느 순간부터, 공격이 멈춘 지 오래다.

병사나 무림인들이나, 그저 나를 따라오고 있는 것에 불과했다.

천하에 이름난 객잔과 기루들이 즐비한 거리.

고층 전각들이 양옆으로 빼곡하게 나열해 있는 화려한 모습과는 달리, 길 위에는 내가 베어왔던 시신들이 아직 치워지지 않았다. 가도 가도 계속 시신이 밟히고 고인 핏물이 튀겼다.

전각으로 들어가는 정문은 굳게 닫혀 있으나 각 층마다 뚫린 창으로는 빼곰히 내밀어진 얼굴들이 있었다.

그들의 시선은 어김없이 내게 붙잡혀 있는 둘 중 한 사람에게 쏠려 있었다. 멀리서도 눈에 확 띄는 황색 곤룡포가 그들의 시선을 빼앗고, 그들을 아연실색하게 만들고 있었다. 누구도 상상조차 할 수 없었던 광경이 그들 아래에 펼쳐지고 있는 것이다.

대전을 나온 이후 처음으로 걸음을 멈췄다. 내가 또 무슨 짓을 할지, 멀찍이서 나를 포위하고 있던 이들이 잔뜩 긴장했다.

길바닥에 가짜 황제를 내팽개치고, 그 즉시 놈의 가슴을 발로 밟았다.

모두가 훤히 볼 수 있게 천천히. 놈의 가슴에 가하는 힘을 아주 천천히 높여 갔다.

놈의 얼굴이 금세 하얗게 변하며 부들부들 떨리기 시작했다. 전각 위에서는 꺄악, 하는 비명 소리들이 터져 나왔다.

"그, 그렇게까지 하지 않아도 되지 않소이까!"

전각 위에서 누가 외쳤다.

내게 겨눠진 도검들에도 반사적으로 힘이 실리기는 했으나, 지금껏 마찬가지로 접근하는 이는 없다. 소리쳤던 자도 별반 다르지 않았다.

울컥!

가짜 황제의 입에서 붉은 선혈이 솟구쳤다. 곧 죽어 버릴 듯이 놈의 몸이 바들바들 떨렸다.

정작 내 주위보다도 이곳을 지켜보고 있던 전각 위쪽들에서 소란이 일었다. 분위기를 파악하지 못하는 것들이 병사들과 무림인들을 질타하며, 내 머리맡으로 뛰어내렸다.

그리고 뛰어내렸던 차례대로 허망한 끝을 맞이했다.

와직!

가짜 황제의 갈비뼈가 가중된 힘을 견디지 못하고 부러졌다.

그때 가짜 황제의 눈과 귀 그리고 콧구멍에서도 피가 흘러나왔다. 바르르 떨리던 두 눈동자의 움직임도 딱 멎었다.

그렇게 연조의 상징이 모두가 지켜보는 앞에서 죽었다.

* * *

재생 마법이 비어 버린 단전까지 채워주는 것은 아니다. 최악의 상황에 지황을 버리고 공간이동 마법까지 각오하고 있었으나, 다행히 지황을 버리게 될 일은 일어나지 않았다.

몇 없는 추격을 따돌리는 데 성공한 나는 산중에 버려진 암자로 들어갔다.

"그렇게 서두를 필요 없다. 네놈이 원치 않아도 우린 긴 시간을 가질 수밖에 없을 테니."

나를 빤히 쳐다보고 있던 지황에게 뇌까린 다음, 놈을 바닥에 내려놓았다.

나도 그 옆에서 가부좌를 틀고 앉았다. 흑룡포에서 풍겨 나오는 비릿한 피 냄새와 눌어붙은 살점들이 신경 쓰이던 것도 찰나, 곧 무아(無我)속으로 빠져들었다.

상당한 시간이 지나고 눈을 떴다. 줄곧 내게서 시선을 떼지 않았던 모양인지, 눈을 뜨자마자 지황과 눈이 마주쳤다.

놈의 아혈만 풀어 주었다.

다행이다, 놈의 그러한 생각이 안면 위를 스치고 지나갔다.

"교주도 사람이긴 하구려."

놈이 바로 포문을 열었다.

"너희들은 옥제황월과 만났다."

나도 거의 동시에 입술을 뗐다.

"교주도 못 찾는 우리를 맹주가 어찌 찾을 수 있단 말이오?"

"그럼 그 계집이지 않겠느냐. 백운신검."

"계집이라. 우리네처럼 성별(性別)이 정해진 게 아니잖소."

그것들과 만났다는 사실을 숨길 필요가 없다는 듯, 놈이 내 한 손에 들린 흑천마검으로 시선을 돌리며 말했다.

"순순히 말할 생각은 없겠지?"

내가 말했다.

"원하는 대로 해 보시오. 과연 노부의 입을 어찌 열지 기대가 되는구려."

지황이 두 눈을 감았다.

뜯겨나간 부위뿐만 아니라 오래전에 잃은 발까지 되찾았지만, 눈을 감은 그 얼굴은 생기 없이 흐릿하기만 했다.

놈에게 주어진 시간은 당시 인황에게 주어졌던 시간보다 훨씬 짧았다. 길어야 하루, 조금이나마 남아 있던 원기마저 꺼져 버릴 것이다. 곧 놈을 심문할 시간이 하루 남았다는 말과 동일했다.

놈도 그걸 모를 리가 없었기 때문에 시간이 흘러가기만을 초연히 기다리고 있었다.

잔뜩 고인 피 웅덩이 위에 작은 팔 하나가 뚝 떨어졌다. 이미 그것과 동일한 팔과 다리들이 사방에 즐비해서, 작은 팔 하나가 추가된 것이 그렇게 티가 나지 않는다.

먼지만 깔려 있던 텅 빈 암자가 격렬한 전장이나 다를 바 없이 변해 있었다.

지황은 계속 그래 왔듯, 잘려 나간 제 팔을 바라보고 있는 중이었다.

비현실적인 상황을 맞이하게 된 그는 많이 바뀌었다.

처음의 초연했던 얼굴이 온데간데없이 사라졌고, 이빨이 바스라지라도록 이를 악물며 고통을 참고자 하는데, 그 얼굴이 악마를 연상시킬 만큼 독날해졌다.

산 채로 사지가 잘려나가는 고통은 그 쇼크만으로도 죽음에 이를 정도로 끔찍하다. 절세 고수라고 해도 사람인 이상, 인내의 차이일 뿐이지 그 고통에서 벗어날 수 없다.

하물며 분근착골로 시작해서 사지절단으로 이어지는 고신(拷訊)의 끝에 이르러서는, 인간이 겪을 수 있는 신체적 고통의 극한을 느낄 수밖에 없다.

무도에 통달하여 정신력이 강한 것이 불운이라면 불운이었다.

지황은 인성이 파괴될지언정, 정신만큼은 계속 온전했다.

"으…… 으……."

그 고통은 형용할 수 없을 만큼 대단할 것이다. 드래곤처럼 무력감까지 줄 수는 없어도, 당시와 비슷한 신체적 위해 정도는 크게 어려운 일이 아니었다.

창백했던 지황의 얼굴이 백지장만큼이나 더 새하얘졌다.

나는 지황이 저혈량성 쇼크에 빠지기 직전에, 다시 한 번 말했다.

"이 암자 전체를 네 팔다리로 가득 채울 수 있다. 그러는 동안, 남은 시간들이 네가 살아온 그간의 인생보다도 길게 느껴질 것이다."

하루라는 것은 물리적 시간에 불과하다.

"그럼 치료해 주겠다. 처음부터 다시 시작하지."

그러자 지황의 새하얀 얼굴이 내 쪽으로 확 돌려졌다. 운신할 기력이 남아 있지 않을 텐데도, 고개를 드는 반응 속도가 무척이나 빨랐다.

아주 찰나였지만 그의 눈동자 안으로 두려움이 나타났다가 사라졌다.

그는 천사가 내려올 때 보이는 광휘(光輝)의 빛과 같은 그것을 지옥의 하수인 보듯 쳐다보았다.

환하고 찬란한 빛무리가 제 몸속으로 모두 빨려 들어간 것도 모르고, 지황은 그것들을 날려 버리기 위해 안간힘을 다했다. 그러나 이제 공력조차 완전히 바닥난 그가 할 수 있는 일이라고는 아무것도 없었다.

툭툭.

내 두 손이 허공에 잔영을 남기며 그의 혈도 곳곳을 눌렀다.

지황은 다시 자라나는 사지(四肢)를 멍하니 바라보았다. 그러다 그가 고개를 들며 말했다.

"마귀(魔鬼)로 변하고 말 것이다. 아니, 이미 마귀로구나!"

자존심처럼 유지되어왔던 공대(恭待)도 얼굴이 변했던 것처럼 진작 하대로 바뀌었다.

내 몸에서 뻗친 기류가 그의 작은 몸을 들어 올렸다. 그러고는 그의 몸이 천천히 움직여, 고여 있는 피 웅덩이와 수평으로 멈췄다.

피 웅덩이 위로 지황의 얼굴이 비쳤다.

"네 얼굴을 잘 보거라. 마귀는 본좌가 아니라 바로 네 놈이다."

내가 말했다.

지황은 피 웅덩이에 비친 제 얼굴에서 고개를 돌렸다. 그렇지만 그러는 사이에 어쩔 수 없이 보였던 것이 있었던 모양이다. 바로 제 놈의 사지(四肢).

순간, 지황의 얼굴이 더 흉악스럽게 일그러졌다.

나를 저주하는 강렬한 눈빛이 내 안면을 뚫고 지나갔다.

저 얼굴을 보고도 누가 중원의 수호자라고 하겠는가? 악마지.

"죽음 앞에 초연했던 지황은 어디로 가고, 원한에 사무친 악마가 거기에 있느냐."

휘익.

허공에서 휙 돌려진 지황의 몸이 아래에 있는 피 웅덩이로 처박혔다. 내 손짓에 따라, 피를 잔뜩 뒤집어쓴 지황의 고개가 들려졌다.

분근착골을 다시 시작하려고 그에게 손을 뻗을 때였다.

움찔.

지황의 몸이 전기에 감전된 것처럼 미세하게 움직였다.

나는 지황에게 뻗었던 손을 회수하며 그를 가만히 바라보았다.

지황은 내게 얼굴을 보이지 않기 위해 고개를 숙였다. 피가 잔뜩 묻어 확인할 수는 없어도 아마 얼굴이 벌게져 있으리라. 이번이 처음은 아니었다. 직전부터 그의 몸이 파블로프의 개처럼 먼저 반응하고 있었다.

내 의도대로 지황은 무너지고 있지만, 솔직히 기분이 계속 좋지 않았다.

천하의 절세 고수가 신체적 고통 앞에 무너지는 꼴이라니.

결국 인간의 한계를 대변해 주고 있는 셈이 아닌가?

나도 그 인간 중의 한 명이었다.

이제는 더 확신이 든다.

신념(信念)? 개소리.

어떤 대단한 선인(善人)이라 할지라도, 수없이 반복되는 극한의 고통 앞에서는 그 고귀한 성품도 속절없이 무너질 것이라고 말이다.

불현듯 갑자기 드래곤과 싸웠던 당시가 뇌리를 스치고 지나갔다. 찢겨진 피부 틈에서 흘러나오는 지방질 그리고 쏟아진 내장, 바그다드의 그날도 스쳐 지나간 그 빈자리에서 번쩍였다.

젠장.

언제쯤 그 기억들을 떨쳐 버릴 수 있을까. 나는 신경질적으로 구겨지는 미간을 느끼며 입을 열었다.

"대화를 나눌 준비가 될 때까지 고신은 계속될 것이다."

"……."

지황은 대답하지 않았다.

얼마든지 해 보시오!, 라던 그 호기로웠던 외침은 그렇게 오래되지 않아서 전부 옛말이 되었다.

그러던 그때 지황의 고개가 들려졌다.

그의 눈 안으로 나를 저주하고 자신을 경멸하는, 온갖

만상이 나타났다 사라지는 것이 반복하는 게 보였다. 아주 무거운 추를 아랫입술에 달아 놓은 듯, 그의 입술이 천천히 열렸다.

"그 대화…… 해 보자꾸나."

비로소 시작이군.

화악.

내 몸에서 일어난 바람이 사방에 자리한 것들을 모두 좌우로 밀어냈다. 핏물도, 진작에 떨어진 작은 팔다리들도 사방의 벽까지 밀려났다. 지저분한 것들이 그렇게 시야 바깥으로 사라졌다.

거센 바람이 잠잠해지기 기다렸던 지황이 말을 이어 붙였다.

"네가 언급했던 그 '조언'부터 시작하지. 백운신검이었느냐?"

"그렇다."

"그것이 백운신검인지 어떻게 알았느냐?"

"노부가 인괴신(人怪神)을 구분하지 못할 것 같으냐."

그러면서 지황은 오랫동안 검형(劍形) 그대로인 흑천마검을 바라봤다.

"옥제황월과 함께였느냐?"

"그, 홀로였느니라."

"무엇을 조언하였지?"

"교주의 공능에 대한 것들. 결국 우리는 교주를 대적할 수 없을 거라는 말이었다."

"그 말을 믿었느냐?"

"……인황의 전승자가 우리를 찾아왔을 때, 상고(詳考)할 만하다 여겼다."

"백운신검이 찾아왔던 건 언제였지?"

"인황의 전승자가 비곡을 찾기 하루 전."

정확한 날짜를 요구했다.

그러고 보니 나와 흑천마검이 합심하여 드래곤을 죽이고 난 이후, 중원으로 돌아오기까지 빈 삼 일간에 일어난 일이었다.

"교주는 우리를 이미 알고 있을 뿐만 아니라 원한 또한 상당하였다. 필시 역천(逆天)과 결부되어 있는 일일 터, 어떻게 된 일인지 답을 들어야겠다. 어차피 노부는 곧 죽을 터, 살인멸구가 따로 없지 않느냐."

지황은 이제 자신의 차례라는 것처럼 당당히 요구했다.

나는 곰곰이 생각하다가 입술을 뗐다.

"너희들은 끝까지 백운신검, 그 계집에게 이용만 당하는구나. 너희 삼황의 선천진기를 모두 인황의 전승자에게 넘겨주라 한 것이 그 계집이었느냐? 아니면 자의에 의해서였느냐."

후천진기라면 가능하다. 전대 교주가 내게 그러했으니까. 하지만 선천진기를 전이하다니, 그런 대법은 들어본 적은 없다.

그러나 정황이 그러했다.

"답을 듣지 못했느니라."

"역천이라면 본좌에게 물을 것이 아니라 그 계집에게 물어도 되었을 것을…… 오냐. 새겨듣거라."

나는 전 시간대에서 흑웅혈마가 중원으로 혈마군을 일으켰던 경위를 들려주었다.

그러면서 황궁에 감금되었던 혈마교주는 가짜고, 일련의 사건들이 백운신검에 의한 것이라 추정된다고도 분명히 덧붙여 말했다.

초자연적인 사건들이 시간순대로 나열될 때마다, 지황의 표정이 미묘하게 변해 갔다. 내 이야기를 끝까지 들은 지황은 이맛살을 구기면서 생각에 잠겼다. 그러다 물었다.

"역천. 역천의 비기가 무엇이냐?"

상황을 역전시킬 수 있는 절대적인 한 수.

그 희망을 본 지황의 눈동자가 기광(奇光)으로 번질거렸다.

"우적, 그놈은 지금 어디에 있느냐?"

똑같이 돌려주었다.

"……."

"계속 듣거라. 백운신검은 본교의 장로가 중원으로 혈마군을 일으키면, 너희들이 나설 거라는 걸 알고 있었던 것 같았다. 그리고 그리되었지. 전에 너희들은 본교를 불사르고 본좌의 교도들을 서역의 노예로 만든 바가 있었다. 원한? 크큭. 감히 네가 본좌의 분노를 알겠느냐. 네가 지금 본좌에게 느끼고 있을 분노는 십분지 일에도 미치지 못할 것이다."

계속 말했다.

"하면 그에 대한 답은 들려주었고. 다시 묻지. 내가 죽인 것이 천황이 맞느냐?"

"그렇다."

"하면 너희들의 선천진기가 모두 그놈에게 전이된 것도 맞느냐?"

지황이 기다렸다는 듯이 미소 지었다. 죽어 가던 때에 지었던 그 미소다. 그놈이 이들의 복수를 할 것이라, 확신하고 있는 것이다.

"그 아이가 명왕(明王)이 될지, 마왕(魔王)이 될지……
허나 역천의 혼돈 속에서 우리가 무엇을 할 수 있었겠느냐. 참으로 어려운 결정이었노라."

"연심에 눈이 멀어 사람을 죽이려 했던 자를 전승자로 삼을 만큼. 참으로 다급하기도 하였겠지. 다시 묻지. 자의에 의한 것이었느냐?"

"마신의 반쪽이 속삭인다 하여, 우리가 그 말을 들을 것 같으냐?"

지황이 반문했다.

그런데 마신의 반쪽?

분명히 지황은 백운신검을 마신의 반쪽이라고 지칭했다.

틀린 말은 아니다. 그러나 정도 무림의 신물을 그렇게 부를 자는, 만천하에 오로지 나 하나뿐이라고 생각했다.

"노부가 죽음을 앞두고 교주에게 큰 즐거움을 주는구나. 백운신검이라는 이름을 받기 전 그 옛날, 본시 정마교의 물건이었다. 이제 노부가 죽으면 이를 아는 이는 교주뿐이니라."

생각지도 않았던 백운신검의 정체가 지황의 입에서 흘러나왔다.

그러나 나는 담담하게 고개를 끄덕이며 말했다.

"재미있군."

사실 속에 거짓을 섞어 넣는다 한들, 지금 내게는 그 진위를 판별할 정보가 부족했다. 놈이 하는 말을 모두 다 고스란히 믿을 수는 없다고 생각했다.

"그리고……."

지황의 입술이 다시 움직였다.

"마신의 반쪽이 어디로 갔는지도 노부는 알고 있노라."

내가 어떤 반응을 보이기도 전에, 지황이 바로 말을 덧붙였다.

"서역."

지황이 말했다.

*　　*　　*

"대식국(大食國)을 말하는 것이냐? 대진국(大秦國)을 말하는 것이냐?"

"대식국."

지황은 옥제황월과 백운신검이 이슬람 제국으로 갔다고 순순히 대답했다. 북천축에서 들었던 소문, 실종되었던 칼리프가 되돌아왔다는 그 소문이 자연스럽게 떠올랐다.

그런데 내가 묻기도 전에 지황이 먼저 그것들의 행방을 언급하고 있다는 사실을 깨달았다. 작정하고 모든 것을 까발리겠다는 듯이 말하고 있는 지황의 저의(底意)가 궁금했다.

단순히 고신을 못 이겨서 말하고 있는 것 같지는 않았다.

"진위(眞僞)야 금방 가려질 일이거늘, 노부가 거짓을 말하겠느냐. 우리도 믿을 수 없었지. 해서 우리가 직접 확인하였느니라. 그들은 대식국에 있다."

"흥미롭기는 하다만."

내 말을 채 끝나기도 전에, 지황이 말을 가로채며 입가에 미소를 띠었다.

"비록 마신의 반쪽이라 하나, 이이제이(以夷制夷)를 모르겠느냐. 결국 대법을 각오하기까지 한 우리이거늘, 마신의 반쪽과 합심하지 않을 리가. 허나 그가 거절하였다."

진위 여부는 나중에 가려내기로 하고, 잠자코 있기로 하였다.

"우리가 합세한다 한들, 판세가 달라지지 않을 거라 판단하고 있더구나. 교주와 교주의 반마(半魔)를 그렇게도 두려워하는 것이 눈에 보였지. 우리의 제안을 거절하면서까지 서역에 간 데에는 그만한 이유가 있을 거라 생각하고 물었느니라. 서역에 무엇이 있느냐고."

"……."

"교주에게 원한이 가득한 서귀(西鬼)들이 서역에 가득하다 하더구나. 서귀들이 그들을 도울 거라 하였지. 대식국의 도성을 생지옥으로 만들었다지? 그들은 우리보다 서귀들을 택하였다.”

지황이 계속 말했다.

“인과응보(因果應報)이니라. 교주는 교주가 만들어 온 원한들로 자멸할 수밖에 없으니, 교주의 천하도 십 년을 넘기지 못할 터. 허나 노부가 염려하는 바는 그 세월이 아니라 우리가 남긴 후인(後人)이니라. 대법이 펼쳐졌음이다. 교주가 지닌 힘만으로도 능히 독보(獨步)하여 세상을 피로 물들이고 있거늘, 우리의 후인은 어떻겠느냐. 신력(神力)을 지니되 결국 인간일 수밖에 없음이니, 찰나의 실수는 세상을 불사르게 될 것이다. 그래서 참으로 어려운 결정이었다는 것이다. 명왕과 마왕은 바로 그 종이 한 장 차이에서 오는 것이 아니더냐.”

지황은 희미하게 웃고 있었다. 그런데 자조(自照)의 빛이 역력했다.

이어질 말을 계속 기다렸다. 많은 상념들이 그의 얼굴 위를 전부 지나치고 나서야, 그가 천천히 입을 열었다.

“우리는 죽음을 불사하면서까지 후인을 남겨두었다. 그러나 교주는 우리의 후인이 교주를 찾을 때까지 먼저 찾을 수도, 찾을 여력도 없을 것이니라. 곧 잃어버릴 것임을 모르고 큰 나라의 정사(政事)에 힘을 쏟을 수밖에 없고, 교주가 만들어 온 적들 그리고 우리의 후인에게 집착할 것이다. 그리하여 교주의 세월은 참으로 빠르게 흘러갈 터. 어느 날 갑자기 교주가 이뤄놓은 전부를 상실하게 되었을 때, 명왕(明王)이 교주의 앞에 있길 바라는 바이니라."

지황은 대법이니 명왕이니 마왕이니 하면서, 내게 그들의 전승자를 더 의식하게 만들고 있었다.

즉, 지황의 말 따라 내가 우적에게 집착하게끔 만들고자 하는 것이다.

내게 번뇌(煩惱)를 심어 놓겠다는 의도인 것인데, 이는 내가 그들의 전승자를 결코 찾지 못할 것이라는 절대적인 확신이 있기에 가능한 일이었다.

틀린 말도 아니지.

알면서도 당할 수밖에 없게도, 지황의 말이 사실이라면 옥제황월과 백운신검을 상대하는데 전력을 쏟아야 한다. 다른 곳으로 힘을 분산하기에는, 나는 서역에 무엇이 자리하고 있는지 너무나도 잘 알고 있었다.

광대한 영토. 강병대군, 살라딘, 할라, 진(jin)들의 존재. 그리고 신비스러운 선지자 라쿠아.

"먼저 하나 약속해 줄래? 비스말라(신의 이름으로).
너는 네가 바라는 '그때'로 돌아갈 수도 있을 거야. 그렇게 되면 지금은 심판의 날이 도래한 것처럼 이 모든 게 결국 무로 돌아가겠지. 그래도 너를 나에게 인도하신 신의 자비를 잊지 말아 줘."

어쩌면 그녀는 바그다드의 재앙을 먼저 보았는지도 모른다. 그녀가 했던 말이 항상 가슴에 비수처럼 꽂혀 남아 있다.

그녀를 다시 볼 면목이 없다.

내 의지가 아니었다고 변명하기에는 바그다드의 그날은 참으로 끔찍했고, 그날에 묻은 수백만 무슬림의 피가 아직도 내 몸에서 피비린내를 풍기고 있는 중이었다.

틈만 나면 떠오르는 그 상념들을 떨쳐 버리며 다시 지황을 바라보았다.

내 눈에서 번뜩이는 빛을 보았던 모양인지, 지황이 바로 말했다.

"노부에게 들을 수 있는 것들은 전부 들었느니라. 교주에게 인성이 남아 있다면, 고신은 그만 두거라. 마지막 갈 때만큼은 온전한 몸으로 가고 싶구나."

"……?"

"교주의 그 신공(神功)도 이제 끝이 아니던가. 하나씩 사라더니 이제는 남아 있지 않구나."

오호!

그게 보인단 말인가? 어떻게 그럴 수가 있지?

속으로 감탄했다.

지황은 내 심장의 고리에 맺혀 있는 마법 결정을 꿰뚫어 보고 있었다.

나보다는 무공의 경지가 낮을지 모르나, 영적인 영역에 있어서만큼은 수련해 온 뭔가가 있던 모양이다. 그러니 인황도 나를 보자마자 대번에 역천(逆天)을 논하고 천수(天壽)를 논했던 것일 테지.

"맞다. 바로 직전이 마지막이었지."

그런데 지황은 그것을 알면서도 입을 열었었다. 마법이 발현되는 원리를 정확히 모르는 이상, 한 번만 더 참으면 끝이라고 생각했을 텐데 말이다.

"후인에 대한 것들은 발설치 못하도록 금제(禁制)를 걸어 두었느니라. 죽음으로도 깰 수 없는 천상의 금제이니, 교주는 무엇도 들을 수 없을 것이다."

지황의 말은 사실이었다. 그는 끝내 우적, 그놈이 숨은 곳을 토설하지 않았다.

대신 그의 온전한 죽음을 담보로 백운신검과 흑천마검에 대해서는 뜻밖의 이야기를 들을 수 있었다.

너무도 많은 시간이 흘러, 본교나 정마교에서는 잊혀져 버린 오랜 전설이 지황의 입에서 흘러나오기 시작했다.

그것은 존마교가 혈마교와 정마교 둘로 나뉘기 전, 존마교의 초대 교주가 삼황의 전신에게 들려준 이야기라고 하였다.

믿기지 않지만.

* * *

천문(天門)이 열리는 날, 고원의 제사장에게 그가 섬기는 대지모신(大地母神)이 찾아왔다.

"네가 나를 잘 섬겨왔으니, 너는 고원을 다스리는 큰 왕이 될 것이다."

그리고 어느 날 되돌아보니, 제사장은 정말 고원의 모든 사람들이 우러러 보는 정치적, 종교적 지도자가 되어 있었다.

왕좌까지 거머쥔 제사장에게 대지모신이 말했다.

"내가 이렇게 너를 도와주었으니, 나를 도와주어야 한다."

"무엇을 말입니까?"

"조만간 귀신 하나가 찾아올 것이다. 반드시 죽여야

만 하는 존재이니, 너는 나를 도와 그것을 죽여야 할 것이다."

"알겠습니다."

제사장과 대지모신은 그날이 오기만을 기다렸다.

그러던 그날이 왔다. 제사장은 대지모신을 도와 귀신과 싸웠다.

성공적이었다.

드디어 제사장과 함께하고 있던 대지모신이 그것을 죽이려던 순간에, 제사장은 갑자기 뭔가를 깨닫고 병기를 대지모신에게 겨눴다.

"왜 그러는 것이냐?"

화가 난 대지모신이 물었다. 그러자 제사장이 더 화를 내며 소리쳤다.

"당신은 대지모신이 아닙니다. 저를 속여 오셨습니다! 저는 분명히 보았습니다."

그때 귀신이 끼어들었다.

"맞다. 저것이 너를 속여 온 것이다. 내가 네 복수를 도와주마."

전세는 역전되었다. 제사장은 귀신과 함께 대지모신과 싸우기 시작했다.

그러나 대지모신도 귀신도 모르는 게 있었다. 제사장

이 둘의 편에 한 번씩 서서 싸우는 동안, 제사장은 천문 너머의 것들을 볼 수 있었다.

귀신이 대지모신을 죽이려고 할 때, 제사장은 그런 귀신에게 눈물을 뚝뚝 흘리며 대지모신에게서 귀신을 떨어트려 놓았다.

"아수라(阿修羅)의 본능만 남아서 스스로 싸우고만 있다니, 참으로 불쌍한 분들이십니다."

귀신과 대지모신은 제사장에게 자신을 도우라고 요구했다.

제사장은 누구도 선택할 수 없었다. 그렇다고 그 둘이 싸우도록 내버려 두자니, 이미 고원의 상당부가 피해를 입은 뒤였다.

그러던 갑자기 귀신이 제사장의 손을 잡아끌었다.

제사장이 고개를 돌리니 귀신은 온데간데없고 손에 들린 검만 보였다. 그때 대지모신에게 속아왔다는 감정이 더 짙어지고, 귀신과 함께 대지모신을 죽여야겠다는 생각이 다시 들었다.

이번에는 대지모신이 제사장의 손을 잡아끌었다. 그런데 검이 아니라 검집이었고, 제사장은 자신이 뭘 해야 할지 알 것 같았다.

제사장은 검집 속에 검을 넣었다. 검집에서 비명 소

리가 났다.

"죽임을 당하느니, 고통을 감수하겠다는 것입니까."

제사장이 검집을 향해 중얼거렸다.

*　　*　　*

"이것으로 고신을 그만두기에는 본좌가 손해 보는 것 같지 않느냐?"

대지모신은 백운신검인 것 같았고 귀신은 흑천마검인 것 같았다.

하지만 전설은 전설일 뿐.

"본교의 고서들을 뒤지면 나올 이야기에 불과하구나."

"그럴지도."

지황이 순순히 수긍했다. 그러나 그에게는 마지막 남겨둔 이야기가 있었다.

"제사장이 둘의 편에 한 번씩 서서 싸우는 동안 천문 너머로 무엇을 보았는지는 우리에게만 전해지고 있음이다."

별 관심을 보이지 않으려고 하였으나.

"흑천마검과 백운신검은 본래 하나의 마신(魔神). 즉, 어찌 나뉘어졌는지에 대한 것이니라."

지황의 그 말에 바로 솔깃했다.

"무엇을 기다리느냐."

"노부가 죽지 직전에 들려주지."

여러모로 계산한 뒤에 결정을 내렸다.

이윽고 그의 원기가 완전히 사그라지던 무렵, 흑천마검을 움켜쥐며 말했다.

"네 이야기를 듣든, 네 사지를 가르든. 딱 그만큼의 시간이 남았구나."

종국에 지황이 들려주었던 이야기는 아수라(阿修羅)의 세계에 대한 것이었다.

아수라의 두 왕이 전쟁을 벌였고, 승자가 패자를 갈라 하계에 버렸다. 그렇게 나뉜 것이 흑천마검과 백운신검이라는 이야기였는데, 이쪽 세상 나름대로 도가와 불가의 세계관에 해석되어진 이야기였다.

제5장

일도양단(一刀兩斷)

불가는 교리를 널리 전파하기 위해 대중에게 친숙한 도가의 개념을 많이 빌려왔다. 아수라계도 그렇게 만들어진 산물에 불과할 뿐이라는 사실을 생각해 봤을 때, 지황의 이야기는 다른 식으로의 해석이 얼마든지 가능하다.

어떻게 해석하든, 이야기의 요체는 완전했던 흑천마검이 패배했다는 데에 있었다.

평소 같았으면 녀석이 불완전한 존재가 된 이유가 싸움에서 패배했기 때문이라는 이야기를 듣고도 가만히 있을 리가 없었다. 그런데 흑천마검은 지금까지처럼 계속 조용했다.

인과율의 조각을 흡수하지 못하도록 막은 이후부터 줄곧 그래왔다. 무슨 꿍꿍이가 있는지는 모르겠지만, 결정적인 순간에 녀석 또한 나를 방해할 것 같다는 예감이 든다.

어쨌든 지황이 죽어가는 와중에 들려주었던 이야기는 꽤나 신선했다.

흑천마검과 합일할 때마다, 나는 녀석의 진정한 정체를 하나씩 알아왔다. 그래서 녀석이 비록 반절이나마 신(神)이라는 데에는 이견이 없다. 지황의 이야기를 듣기 훨씬 이전부터, 백운신검을 그 나머지 반쪽이라고 추정하고도 있었다.

흑천마검이 백운신검을 삼키게 되는 날, 속박에서 벗어나 완전한 존재가 될 것이라고도 믿어 의심치 않았다.

그런데 지황의 이야기가 신선했던 이유는 흑천마검과 백운신검이 유일신(唯一神)이 아니라는 사실을 내포하고 있었기 때문이다.

수많은 종교에서 그들의 전지전능하고 선한 신(神)을 섬긴다지만, 완전한 흑천마검 이외의 다른 신은 생각해 본 적이 한 번도 없었다.

하지만 이야기 속에는 완전했던 흑천마검을 이기고 둘로 나눠버릴 만큼, 더 강력한 신이 존재하고 있었다.

"큭큭. 네 녀석이 졌다는군."

어쩐지 참을 수 없는 웃음과 함께 흑천마검을 바라보다가, 고개를 설레설레 저었다.

신들의 전쟁이라니.

'전쟁'이라는 세속적인 개념을 어떻게 해석해야 할까.

현실에서 막연히 먼, 너무도 추상적인 이야기라고 치부하기에는…….

당장 내 손아귀에 쥐어진 것으로 신의 실존(實存)이 확인되고 있었다.

*　　*　　*

우리는 대지 위에서 넘실거리고 있는 붉은 물결을 내려다보고 있는 중이었다.

혈귀의 얼굴이 새겨진 방패와 도검, 그리고 하늘을 찌를 듯 높게 치솟은 교기(敎旗)가 지존의 명령을 기다리고 있었다.

그 기세만으로도 당장 천존(天尊:도가의 제일 신)의 목을 꿰뚫어 버릴 듯한데, 하물며 중원을 점령하는 일은 크게 어렵지 않을 것 같았다.

시간이 지날수록 도성에서 일어났던 일이 방방곡곡 퍼

질 것이며, 본교의 문장은 공포의 상징으로 확고해질 테니 말이다.

혈마군을 자랑스럽게 바라보고 있는 두 장로와는 달리 나는 머릿속이 복잡했다. 예정대로라면 지금쯤 내 옆에 탄천삼사 중의 한 명이 있어야 했다. 그래서 사막의 소국(小契)에 불과했던 본교에게 큰 나라에 마땅한 시스템과 비전을 보여 주고 있어야 했다.

지금 이대로 중원을 점령한다면, 시스템적 약점이 드러날 때마다 공포정치를 펼칠 수밖에 없다.

삼황이 다 죽은 마당에 중원 점령은 이제 시간문제가 되었다지만, 그 이후에 펼쳐질 진짜 전쟁이 나를 기다리고 있는 것이 너무도 선했다.

안으로는 고름이 터지고, 바깥으로는 가시가 돋는 형국!

"흑웅혈마."

"예."

"남궁가의 여식에게는 누구를 보냈느냐? 지금쯤이면 같이 본가에 들어가고도 남았을 텐데?"

"사휘, 라는 아이를 기억하십니까?"

내게 많은 인상을 남겼던 그 소교를 잊을 리가 없었다.

청성의 무공을 익힌 황군 장수와의 대결에서 소교 사휘

는 특유의 독기로 무공 차이를 극복하고 거의 이겼었다. 마지막 순간에 비열한 무당의 노 고수가 끼어들고 말았지만.

"그 아이를 보냈군."

제 몸보다도 큰 갑주를 덜렁거리며 황군의 장수를 대적하던, 그때 그 악바리 같았던 모습이 떠오른다.

"예. 허나 삼황의 후인은 남궁가의 여식을 찾지 않는다 합니다."

"놈 스스로가 충분하다 생각 들 때까지, 나타나지 않을 것이다. 그래도 예의 주시하도록 하고, 그 아이에게 한 가지 명을 더 내리지."

"하명 하시옵소서."

"남궁가에 숨어 있는 화우 이복언을 본 교주에게 데려오도록 하라."

그러자 흑웅혈마가 곁눈으로 색목도왕에게 도와 달라는 눈빛을 보냈다.

"화우 이복언은 남궁가주가 목숨보다 아끼는 자이옵니다."

"어린 소교에게는 무거운 임무가 되지 않겠사옵니까."

흑웅혈마가 먼저 말하고, 색목도왕이 거들었다.

"남궁가의 여식이 본 교주에게 약조한 것이 있느니라.

안다. 가문에 힘이 없는 일개 여식에 불과하지. 허나 알량한 도움이나마 있는 게 없는 것보단 낫겠지. 그 아이가 생각처럼 영특하다면 해내지 않겠느냐."

색목도왕은 물론이고, 사휘를 내게 소개하였던 당사자 흑웅혈마 또한 흔들리는 눈동자를 보였다.

그러던 둘이 뭔가를 깨닫고 눈을 부릅뜨는 순간이 있었다.

"후계를 생각하시는 것이옵니까?"

색목도왕이 말했다.

"그대가 말하였지. 후계를 염두에 두어야 한다고."

"하오나……."

"그대의 말이 맞다."

삼황 또한 평소에 후계를 양성하고 있었다면, 인성이 부족한 그놈을 전승자로 받아들이지 않아도 됐을 것이다.

"소교들을 눈여겨볼 것이다. 자질이 뛰어난 아이들을 제자로 들이고, 본 교주가 직접 가르칠 것이다. 그중에 소교주 감이 하나 없겠느냐."

정마교주만 하여도 여덟 명의 제자를 두지 않았던가.

내가 자신의 의견을 항상 마음에 두고 있었다는 것을 알아차린 색목도왕이 감격스러운 표정을 지었다.

"사휘는 흑웅혈마가 눈여겨보던 아이였다. 그대도 자

질이 뛰어난 아이를 보거든, 언제든지 본 교주에게 보이거라. 본 교주가 아직은 후계를 논할 나이가 아니나, 내일 일을 어찌 알겠느냐. 인세(人世)에서는 본 교주의 무공이 고강할지라도, 본 교주는 인세를 초월하는 많은 영역들을 겪어 왔음이다."

"옛."

색목도왕의 목소리가 부쩍 밝아졌다.

나는 다시 아래에 펼쳐진 혈마군의 대열식으로 시선을 돌렸다.

"구월 이십구 일. 본 교주가 출진을 선포하였던 바로 금일이지. 자, 누가 가고 누가 남을 것이냐?"

좋았던 분위기도 일순간 씻은 듯이 날아갔다.

파지직.

흑웅혈마와 색목도왕, 둘의 눈빛이 허공에서 부딪쳤다.

"본 교주가 중원을 치는 동안 남은 자는 교지를 지키고 잔당들을 처리하되, 특임대(特任隊)를 조직하여 서역 황제의 정체를 밝혀내야 할 것이다. 옥제황월과 백운신검, 그것들이 정녕 서역 황제의 탈을 쓰고 있다면, 그것들이 가짜라는 것을 서역 정국에 밝히는 일도 해내야겠지. 중원을 치는 것 이상으로 막중한 임무들을 겸해야 하니, 그대들 중 하나가 반드시 남아야 할 것이다. 누구냐. 누가 남고 누가 갈 것이냐."

그러던 문득.

"소마……."

흑웅혈마의 입술이 열렸다.

"소마가 남겠사옵니다."

칼리프와 관련된 일이기 때문일까.

비록 내 기억 속에서만 자리하고 있는 일이라고 하여도, 흑웅혈마는 그 자체만으로 죄책감을 가지는 모습을 보여 왔다.

색목도왕이 언제 눈싸움을 했냐는 듯이 흑웅혈마를 측은하게 바라보았다. 그러다 그는 흑웅혈마와 눈이 마주칠까 싶었는지, 황급히 무릎을 꿇으며 말했다.

"소마, 목숨을 다 바쳐 위대하신 교주님을 보필하겠사옵니다."

"그대는 지금 가서 출진 준비를 끝내 두어라. 흑웅혈마는 남고."

"옛."

색목도왕이 훌쩍 아래로 뛰어내렸다. 그의 금발이 세차게 휘날린다.

"흑웅혈마. 어려운 결정을 내렸구나."

"아니옵니다. 서역의 황제는 소마의 소관이었습니다.

그리고 아둔한 소마의 불찰로 교도들이 큰 고통을 겪었으니……."

"이제는 없던 일이 되었다. 가슴에 담아 두지 말라 하였거늘."

"하오나 이렇게 소마의 불찰을 바로잡을 기회를 다시 주시니. 소마. 교주님을 다시는 실망시키지 않을 것이옵니다."

부복하려는 흑웅혈마를 억지로 일으켜 세웠다.

"서역에 있는 것들뿐만 아니라, 본 교주와 흑천마검 그리고 옥제황월과 백운신검에 대해서 그대가 알아야 할 것들이 있다."

합일(合一)뿐만 아니라 할라 그리고 마법 등, 지난번에 대략적으로 넘어갔던 모든 것들을 상세하게 들려주었다.

두 시간이 넘도록 계속된 이야기에, 흑웅혈마의 얼굴이 신중하다 못해 심득(心得)을 얻은 것처럼 깊고 또 깊어졌다.

"본 교주는 더는 합일을 할 수 없다. 허나 옥제황월은 모르겠구나."

"심신을 빼앗겼을 수도 있사옵니다."

고개를 끄덕였다.

"본 교주는 백운신검의 정체를 본 바가 있었다. 요녀(妖女)같이 본 교주를 현혹하려 하였지. 합일에 의해서가 아니더라도, 그 간악한 술수만으로도 충분히 한 사람을 제 수족으로 부리고도 남았다."

"교주님께서도 부디, 흑천마검을 멀리하셔야 하옵니다. 본교의 신물이라 하나 전대 교주님께서도 그 때문에 멀리 하신 것 같사옵니다."

"그러마. 옥제황월이 심신을 빼앗겼든 아니 그렇든, 정면으로 그것들과 마주치는 일은 없도록 하거라. 너희들이 상대할 수 있는 것들이 아니다."

"예."

"서역 황제가 옥제황월과 백운신검이라는 것이 밝혀지면 본 교주가 직접 상대할 것이다. 특임대는 서역 황제의 정체를 밝혀내고, 정녕 서역 황제가 가짜라면 그 사실을 서역 정국에 알리는 것만으로도 큰 성과인 것이다."

"예."

"또한 살라딘 자하라의 영토에는 들어가지 말도록 하거라. 그녀는 사람의 속마음을 꿰뚫어 보는 능력을 지녔다. 특임대의 임무를 대번에 눈치챌 터."

"명심하겠사옵니다. 혼심사문에서 서역의 이능(異能)에 대항할 술법을 찾고, 살라딘 자하라뿐만이 아니라 미간의 할라를 수련한 자들을 염두에 두고 특임대를 조직하겠사옵니다."

"맞다. 결국엔 그대가 얼마나 잘 준비하고, 특임대로 어떤 이들을 뽑는지에 달렸다. 본 교주가 혈마군을 이끌고 황도를 치고 남으로 쳐내려 가다 보면 오랜 시간이 걸릴 터, 서역에 관해선 전적으로 그대에게 달렸다."

"교주님의 기대에 부응하겠사옵니다."

흑웅혈마의 어깨를 툭툭 두드렸다.

"하온데……."

그러던 와중에 흑웅혈마의 입에서 조심스러운 음성이 흘러나왔다.

"말하거라."

"옥제황월과 백운신검이 합일을 한다면, 어찌 되는 것이옵니까?"

"본 교주가 합일할 수 없는 상황임을 모르고 있는 것과, 본 교주와 흑천마검을 두려워하는 마음을 이용해야겠지."

내가 염려하는 것은 그 일이 아니다.

선지자 라쿠아.

인과율을 꿰뚫어 보던 그 신비스러운 능력이 분노로 돌아섰다면…….

어떻게 대비를 해야 할까. 사방이 적이다.

"하면 황성에서 그대를 부르지."

그 말을 끝으로 아래에 펼쳐진 붉은 물결로 훌쩍 뛰어내렸다.

"천유양월 천세만세 지유본교 천존교주 독보염혈 군림천하 천상천하 지상지하 광명본교!"

위에서 흑웅혈마의 외침이 터지자.

"천유양월 천세만세 지유본교 천존교주 독보염혈 군림천하 천상천하 지상지하 광명본교!"

혈마군 전체에서 울리는 광음이 지축을 흔들기 시작했다.

* * *

"기미년 구월 이십팔 일, 전일(前日). 위대하신 교주님께서 일찍이 널리 알리신 바와 같이, 홀로 하북 도성에 출타하시어 연왕 대리 이하 사천 명의 목을 베셨으니, 그 무열(武烈)이 하늘 끝에 닿아 있으시고, 혈마의 용맹이 늠름히 바람나도다."

색목도왕의 사자후가 터졌다.

"이에 우리 하교(下敎)들은 성심으로 따라 위대하신 교주님의 그늘에 서니, 패악한 위정자들이 자연히 멸(滅)되고, 혈마의 가르침을 온 천하가 능히 알게 되리라. 혈마는 위대하시다!"

시선을 가득 메운 도검이 교도들의 머리 위 허공을 힘있게 찔러 댔다.

"혈마는 위대하시다!"

"혈마는 위대하시다!"

출진이다.

우측에는 색목도왕이 좌측에는 대별성마(大別誠魔) 주의광이 있고, 뒤로는 사귀사마 팔단과 오문오당의 수장 거마 18인이 뒤따르고 있다. 그리고 오만여 명의 혈마군이 바로 그 뒤를 따르고 있으니, 그 군용(軍容)이 실로 성대했다.

우리와 마주친 것들은 몸을 숨기기에 바빴다.

그것이 사람이라면 보이는 대로 도망치다가 넙죽 엎드렸다.

날개 달린 짐승이라면 멀리 날아올랐다.

기존대로 이군(二軍) 체제를 유지시켜, 혈마 일군을 청해, 감숙, 사천, 섬서의 사성(四省)을 방비토록 흑웅혈마를 남겨 두었다.

혈마 이군 오만을 이끌고 상남관(商南:하남성으로 들어가는 관문)으로 곧장 향했다.

먼저 통지 받았던 관문의 교도들이 그곳에서 우리를 기다리고 있었다.

"교주님을 뵈옵니다! 서둘러라!"

관문의 수장으로 있던 지천무문의 한 교도가 뒤쪽으로 수신호를 보내자, 높고 넓은 문 두 짝이 큰 소리를 내며 열렸다.

전비(戰備)를 갖춘 황군의 군진이 저쪽 너머로 보이기 시작했다. 작은 관문에서 농성하기보다는 먼저 유리한 지형에 자리 잡기로 결정한 모양인데, 병사 삼십만이 한데 진을 펼친 광경이 시선 끝에서 끝까지 가득 차 있었다.

뿐만 아니라, 미리 예고했던 덕분에 정파 고수들도 상당했다.

정면으로 부딪치면 혈마군에도 많은 전사자가 나올 수밖에 없다.

반나절을 넘게 걸어온 혈마군에게 휴식 명령을 내린 다음에, 색목도왕과 주의광을 필두로 한 거마들을 눈빛으로 불러들였다.

"강한 교도들로 오백을 뽑아, 따로 준비시켜 두거라."

색목도왕에게 말했다.

그러고는 주의광을 쳐다보았다.

주의광은 올 것이 오고야 말았다는 눈빛으로 황군 진영을 쓰윽 바라보았다. 자조의 빛이 섞인 눈빛으로 보건데, 그는 제 역할을 충분히 해낼 것이다.

"대별성마. 그대는 본 교주와 함께 선봉에 서서 별동대(別動隊)를 이끌 것이다."

"아니 되옵니다."

그때, 한 목소리가 불쑥 튀어나왔다.

모두의 시선이 대뇌마단주 삼뇌자에게 쏠렸다. 색목도왕과 주의광 외에는 모두 삼뇌자와 비슷한 표정을 짓고 있었다.

"무엄하다!"

나는 그렇게 일갈하는 색목도왕에게 고개를 저어 보였다.

"말해 보거라."

"교주님의 신위를 모르는 바 아니오나, 적들의 군세가 상당하옵니다. 또한 별동대를 쓰기에는 지형이 마땅치 않사옵니다. 적들의 시선이 별동대에 모이면 적들의 공격 또한 자연히 별동대에 집중이 되어 교주님께서 위태로워질 것이옵니다."

"교주님."

색목도왕이 한마디하고 싶어 했다.

허락하자, 색목도왕이 금색 눈동자에 힘을 주며 입을 열었다.

"단주는 본 장로의 말을 허투루 들었는가. 교주님께서는 홀로 하북 도성에서, 수없이 산재한 적들을 뚫고 황제 대리를 죽이고 돌아오셨다. 신위의 위대함이야 두말할 것 없거니와, 솔선하시어 그 위험을 무릅쓰시는 교주님의 심정을 하교로서 어찌 알아보지 못하는가."

"그 일은……."

삼뇌자는 뭔가를 말하려다가 입을 다물었다.

나는 좌중들의 얼굴을 살폈다. 삼뇌자만 그런 것이 아니라, 18인 거마 모두가 반신반의하고 있었다. 정도의 차이일 뿐이다.

그렇겠지. 하루 만에 황도를 왕복한 것도 믿기 힘들 일인데, 미리 예고를 한 마당에 황제의 대리까지 죽이고 돌아오다니.

비단 이번뿐만이 아니다. 북천축에서도 그러했다 하지 않았던가?

거마들은 내 포고를 적진에 혼선이 일어나도록 하는 계

책으로 이해하였고, 색목도왕이 확정 지어 말한 것을 사기 진작 차원으로 이해하였다.

그들의 믿음을 탓하기보다는, 전날의 행보는 곧이곧대로 믿을 수 없는 상식 밖의 일이 맞았다. 거마들을 납득시키도록 노력했던 적이 없기도 하였고.

스윽.

한 손을 펼쳐 모두의 시선을 모았다.

"되었다. 너희들은 혈마의 공능을 보지 못하였으나, 삼장로는 보았느니라. 만안."

전세지문주를 불렀다.

그가 비대한 목살을 접혀 보이며 고개를 숙였다.

"황군의 총 지휘관이 누구냐?"

"고승보라는 장수이옵니다."

"지휘 군막이 어디에 있느냐? 지도를 펼쳐 설명하거라."

만안은 항상 등에 메고 다니는 큰 목함을 땅에 내려놓았다. 무게가 상당해서 땅을 깊게 파며 쿵 소리가 났다.

목함 안으로 그가 목숨보다 소중히 여기는 서책과 종이들이 가득 보였다.

만안은 그중에서 곱게 접힌 지도 한 장을 꺼내 바닥에 넓게 펼쳤다. 그러고는 그만의 표식이 있던 모양인지, 그 많은 종이 중에 하나를 바로 끄집어내 살펴본 다음 지도 위에 작은 돌멩이 하나를 올려놓았다.

"위장 군막이 다섯 개 있으나 이 군막이 진짜이옵니다. 고승보를 지키는 고수가 다섯이 있다 하는데, 무공이 십절에 버금간다 하옵니다."

돌멩이가 놓인 곳은 주의광과 함께 대별산에서 돌아올 때 거쳤던 선상에 있었다.

"인상착의가 어떠하느냐?"

만안은 말로 설명하는 대신, 마찬가지로 목함에서 초상화 한 장을 꺼내 보였다.

길(吉)하다는 이마 가운데 점이 알아보기 좋았다.

"모두 잘 듣거라. 너희들이 그렸던 큰 그림은 모두 지우도록 하라. 너희들이 할 일은 딱 하나, 본 교주의 입에서 돌격 명령이 떨어지길 기다리는 것뿐이다. 일시에 총력을 다해 칠 것이다."

역시나 큰 그림을 완성시키는 데 주력이 되었던 삼뇌자와 만안의 낯빛이 어두워졌다.

그들은 누구보다도 더 정확히 알고 있었다. 전력전의 양상을 띠면 어떤 일이 일어날지.

그러나 명색이 교주의 명령이라 대꾸하지는 못하고, 속으로만 수없이 죽어 나갈 교도들의 목숨을 세고 있을 것이다.

"너희들이 염려하는 일은 없을 것이다. 본 교주가 별동대와 함께 적들의 군세를 꺾어 놓을 것이니, 그때를 기다리거라."

색목도왕도 처음부터 내 전략에 동조했던 것은 아니었다. 나는 색목도왕에게 교도들의 희생을 최대한 줄이기 위해 내가 솔선할 수밖에 없음을 설명해 주었다.

내 일신의 화력.

그것을 저쪽 세상에 비하자면 소형 전술핵과 상등(相等)하다. 순간적인 화력이 아닌 총량이 그렇다는 것이다.

이제 와서 주저하기에도, 이미 내 손에 묻은 피는 평생 지워지지 않을 정도다.

나 한 명만 그 많은 죄업을 뒤집어쓴다면, 많은 교도들이 죽지 않아도 되리라. 교도들의 희생을 줄일 수만 있다면…….

와직.

"우선은 적의 머리부터 끊어 두어야겠지."

모두가 보는 앞에서 입술을 움직였다.

"*Τελεπορτ*"

공간의 압력도 잠깐, 바로 튕겨져 나왔다.

아래로 낙하하면서 시선을 내려트리자 헤아릴 수 없을 정도로 많은 군막이 두 눈 안으로 촘촘히 박혀 들어왔다.

그중에서도 만안이 말하였던 군막 다섯 개를 빠르게 찾아, 진짜를 향해 떨어지는 몸을 일직선으로 꽂았다.

쿵!

직면한 당사자에게는 어떨지 몰라도, 내게는 세상이 느려 보였다.

흙먼지가 튀어 오르고, 사이사이 뾰족하고 널찍한 나무 파편들이 사방으로 날아간다. 천으로 된 막은 충돌의 순간에 제일 먼저 찢겨서 내부를 고스란히 드러내고, 그 안에 있던 팔인(八人) 또한 저마다의 놀란 얼굴을 보이며 풍압이 밀어낸 방향대로 날아가고 있었다.

여덟 중 셋은 장수, 그리고 다섯은 본래 거기에 은신해 있던 호위무사였다.

속절없이 밀려 날아가는 장수와는 달리 호위무사 다섯은, 만안이 알고 있던 바와 같이 무공이 출중한 자들다웠다.

금세 신형을 비틀면서 내게 쏟아져 들었다. 발검을 하기보다는 즉각 펼칠 수 있는 권장(拳掌)으로 뛰어난 공력을 드러냈다.

찰나였다.

내 수도(手刀)에서 뻗친 기류가 곧게 뻗어 첫 번째 녀석의 안면을 뚫고, 크게 돌아서 두 번째와 세 번째 녀석을 양단했다.

죽은 셋의 몸이 균형을 잃어 지면을 향해 떨어지던 무렵, 붉은 검기가 네 번째 녀석의 미간으로 빠져나와 다섯 번째 녀석의 가슴을 꿰뚫고 들어갔다.

그때도 장수들은 땅에 닿지 않은 채 허공에 띄워져 있었다.

눈초리가 얇실한 자는 얼굴에 점이 없고, 골격이 두꺼운 자는 왼쪽 뺨에 점이 있었다. 확 펼친 손아귀 안으로 이마 정중앙에 점을 지닌 장수가 빨려 들어왔다.

앞으로 뻗은 팔과 놈의 몸이 수평으로 뻗어, 손아귀에는 놈의 정수리가 쥐어졌다.

손목을 살짝 비틀었다.

단전에서 나와 어깨를 지나 손바닥 끝으로, 회전력을 지닌 기류가 발출됐다. 놈의 얼굴은 쥐어진 그대로인데, 목 아래 부분 전체가 휙 돌았다.

몸에서 얼굴이 떨어져 나간 게 아니라, 얼굴에서 몸이 떨어져 나갔다.

놈의 얼굴을 움켜쥔 채로, 다시 공간을 일그러트렸다.

"Τελεπορτ"

어쩔 수 없이 놀란 음성들.

"흐읍!"

"교, 교주님!"

모두가 그들의 눈앞에서 갑자기 사라지고, 마찬가지로 갑자기 나타난 나를 부릅뜬 눈으로 쳐다보고 있었다.

그들의 놀란 감정이 허공에 파문을 일으키는 와중에, 내 손에 들린 얼굴에서는 목 아래로 피를 뚝뚝 흘리고 있었다.

지휘관의 얼굴을 만안에게 던졌다. 얼떨결에 그 얼굴을 받아 든 만안이 휘둥그레진 얼굴로 말을 잇지 못했다.

"놈이 맞느냐?"

내가 물었다.

그래도 만안은 침만 꼴깍꼴깍 삼켜 넘겼다. 내 경지에 대해 알고 있던 색목도왕까지도 너무 놀라 굳어 버렸는데, 하물며 다른 이들이야.

겨우 이성을 되찾은 만안이 입술을 어버버 떨면서, 초상화와 놈의 얼굴을 대조했다. 거마들은 만안의 가슴에 안겨진 지휘관의 얼굴에서 시선을 떼지 못했다.

"맞, 맞사옵니다."

만안이 희열이 일렁거리는 눈으로 좌중들을 돌아보며

다시 외쳤다.

"황, 황군의 총 지휘관인 고, 고승보가 맞사옵니다!"

*　　*　　*

단전이 허하다고 느껴질 정도로, 어지간히도 많이 베고 다녔다.

내가 앞을 가리키자, 날랜 인영(人影) 수십 개가 내 머리맡을 스치고 지나쳤다.

그리고 그것들이 날아간 방향에서는 어김없이 단발마의 비명과 함께 몇 개의 수급이 허공으로 튕겨져 날아왔다.

옆에서도 앞에서도.

피가 솟구친다.

보이는 것이라고는 잘리거나 뒤로 넘어가는 사체들뿐이다.

두 관문 사이에는 길고 좁은 협곡이 하나 있었다. 적은 병력으로도 대군을 물리칠 수 있는 천애의 요새가 분명해서, 황군은 먼저 자리를 잡으면서 협곡 또한 우선적으로 차지하고 있었다.

하물며 주체하지 못할 정도로 많은 병사를 지니고 있었던 황군이었으니, 협곡에서의 전투에 큰 자신감이 있었을 것이다.

총지휘관과 전군 참모들까지 비명에 갔다는 것을 일개 병졸들이 알 리가 없었다. 그네들은 지휘부의 긴급한 지시대로, 협곡으로 들어온 우리를 향해 최선을 다했다. 그러나 그 결과는 무참했다.

더 이상 협곡 위에서 날아오는 화살 따윈 없었다. 붉은 검류(劍流)가 벼랑 위에서 화살을 날리던 것들을 진작 휩쓸고 지나갔다.

맞은편 입구에서부터 인산인해(人山人海)로 밀려오던 병사들의 물결도 멎은 지 오래.

협곡 전체에는 적병의 사체들이 무질서하게 쌓였고, 내 손에는 헤아릴 수 없는 많은 인명이 남긴 피가 남았다. 그 손바닥으로 시야를 가리는 어떤 것의 살점을 쓸어내리며 뒤를 돌아보았다.

핏물이 삐죽 올랐다.

주의광이 막 한 녀석의 가슴에 찔러 넣었던 검을 회수하고 있었다. 나와 함께한 교도들 또한 온통 피 칠갑이 된 채로 먹이를 찾아다니는 하이에나처럼 시체 위를 돌아다니고 있었다.

교도들 중 하나가 시체들 사이에서 죽은 체하고 있던 녀석을 찾아냈다.

교도가 녀석을 발로 툭툭 건드리자, 녀석이 눈을 떴다.

보이는 것이라고는 온통 흉측한 사체들뿐이었으니, 그 공포가 상당했으리라.

녀석은 이지를 상실한 듯 회까닥 돌아버린 두 눈을 보이며 아무렇게나 손을 뻗었다.

그러나 잡힌 것이 동료의 얼굴.

깔끔하게 목에서 떨어져 나간 것이 아니라, 얼굴 한쪽이 잘려나가 기괴한 형상을 하고 있는 그것이었다.

"으아아아!"

놈이 발버둥을 치는 바람에, 여기저기에서 잘린 목과 팔들이 시체 위를 굴러서 놈의 몸에 부딪혀 댔다. 그래서 더 비명조차 지를 수 없는 공포에 허덕였다. 계속해서 무작정 손을 허우적거렸다.

그러다 묵중한 것이 걸리면 그것을 끌어당기며 조금씩 조금씩 사체들로 쌓인 비탈을 올라가는 것 같았다.

하지만 내장을 짚었다가 미끄러지고, 잡은 것이 하필 주인 잃은 팔이라서 또 넘어지고.

놈은 처음 눈을 떴던 그 자리로 나뒹굴었다.

"살…… 살려……."

번쩍.

교도가 박도를 휘둘렀다.

일도양단(一刀兩斷).

쪼개진 병사의 몸이 양옆으로 쫙 벌어졌다. 놈의 흉골(胸骨)에 담겨져 있던 내장이 와르르 쏟아져 내리는 것을 끝으로, 협곡 안에서 살아 있는 적병은 단 한 명도 존재하지 않았다.

교도들이 내 주위로 몰려들었다.

빠르게 훑어보니, 오백 중에 일 할 정도가 부족했다. 모인 이들 중 열을 남겨서 교도들의 시신을 찾아 수습하라 하고, 협곡 위로 몸을 솟구쳤다.

벼랑 끝에 서서 내려 보니 더 잘 보인다. 먼 과거 언제쯤에 강물로 채워져 있었을 딱 그만큼, 적병들의 사체들이 협곡을 메우고 있었다.

전장의 열기 때문인지, 내 죄업을 질타하는 저 높은 곳의 눈총 때문인지, 가을이 넘어가는데도 햇볕이 유난히 따갑다.

함성이 울리는 본교의 진형을 돌아보고 있을 때.

절벽 사이사이를 수차례 밟고 튀어 오른 교도들이 내 주위에 섰다.

주의광도 온몸에서 피를 뚝뚝 흘리고 있다가, 내 눈빛을 받아 내 쪽으로 걸음을 옮겼다. 그가 한 걸음 한 걸음 옮길 때마다 지면 위로 붉은 발자국 또한 선명히 남겨졌다.

"얼마나 되는 것 같으냐?"

협곡 아래를 턱으로 가리키며 물었다.

"……."

한때 신선의 풍모에 도인의 골격을 지녔던 그가 나를 스윽 쳐다봤다.

핏방울을 뚝뚝 떨어트리는 앞 머리칼 사이로 악에 받친 눈동자가 보였다. 지황이 보였던 그 눈동자였다.

지황은 제 팔다리가 잘려나가면서 그런 심계(心界)를 보였는데, 주의광은 남의 팔다리를 자르면서 그렇게 변했다.

주의광이 내가 가리킨 방향을 따라 독날한 시선을 돌렸다. 그러자 찰나의 틈 차이로, 그의 두 눈이 파르르 떨리기 시작했다.

그제야 우리가 얼마나 많은 인명을 베어 넘겼는지, 실감하고 있는 것이다. 그의 두 눈에 지옥의 광경이 맺혔다.

"삼만쯤 되어 보이지 않느냐?"

말 잃은 주의광 대신에 다른 교도에게 물었다. 나와 눈이 부딪친 교도가 입을 열었다.

"그…… 그렇사옵니다. 교주님의 무열(武列)이 하늘에 닿아 있사옵니다."

그러던 와중에 다친 이들이 눈에 많이 띄었다. 그 몸으로 절벽을 올라왔던 것이 신기할 정도로, 큰 부상을 지닌 교도들이 있었다. 내게 대답했던 교도도 그중에 한 명이었다.

얼굴이 새하얗게 질린 걸 보면 출혈이 이미 과다했다. 그리고 교주 앞이라 허리를 꼿꼿이 세우고 있는 탓에, 복부의 상처는 더 벌어져 그 안이 훤히 보일 정도였다.

사실 별동대는 내게 별 도움이 되지 않는다. 그럼에도 불구하고 교도들을 내 곁에 세운 이유는, 나의 독주(獨走)가 그리 유익하지 않을 거라는 거시적인 판단에 의해서였다.

하얀 빛을 휘감은 손바닥을 교도의 상처 부위에 가져다 댔다.

순식간에 제 안색을 되찾은 교도가 넙죽 엎드리려는 것을 막았다. 그다음으로 생명에 영향이 있을 만한 상처를 입은 교도들을 뽑아 치료를 해 주고, 메모라이즈해 둔 치료마법이 모두 소진된 후에는 본교의 진형 쪽으로 되돌려 보냈다. 그리고 새로 보내진 이들이 빈자리를 채웠다.

본진을 휘저을 수 있음에도 불구하고, 보란 듯이 협곡에서 응수해 줬던 효과가 있었다.

모두 죽게 될 거라 여겼던 우리가, 도리어 그 많은 병사들을 몰살시키고 협곡 밖으로 나오자 황군의 사기가 눈에 띄게 꺾였다.

술렁거리는 큰 움직임이 멀리서도 느껴지고 있었고, 그네들의 겁에 질린 목소리가 들려오기 시작했다. 마두니, 수괴니 했던 것이 염마왕(閻魔王)이니 혈마신이니 하는 것으로 바뀌었다.

저벅저벅.

적병으로 우글거리는 본진을 향해 걸음을 옮겼다.

그런 내 뒤에 피에 젖은 주의광과 교도들이 뒤따르고.

우리는 일시에 속도를 끓어 올렸다.

내 발이 닿은 지면에서 붉은 기운이 불꽃처럼 터지며, 내 몸을 크게 띄웠다.

쏴아아아.

질풍 같은 뜨거운 바람이 내 온몸을 휘감으며, 몇 개의 잔영을 지나치는 선상 위에 남겼다. 제일 끝에서부터 잔영들이 하나둘 차례대로 사라질 즈음, 나는 적진의 목책 위를 뛰어넘고 있었다.

콰앙!

폭음과 함께 물씬 피어오르는 흙먼지를 뚫었다.

그러고는 눈앞의 검은 인형(人形)을 향해 마검을 휘둘렀다.

피, 피, 피!

또.

내 앞에서 그것의 몸이 갈라진다.

오늘 그 많은 죄업을 내가 전부 뒤집어쓰리라.

계속 그 생각만 하면서 눈에 보이는 대로 베고 또 베었다.

그 생각만을 계속할 수밖에 없었다.

조금이라도 다른 생각을 할라치면, '그날'과 다를 바 없는 광경이 두 눈앞에 펼쳐지고 있었다. 저주하고 경멸하던 그날이 이번에는 흑천마검이 아닌, 오로지 내 의지에 의해서 일어나고 있었다.

그저 눈코입의 모양만 바뀌어버린 수많은 얼굴들이 계속 튀어 오르고, 크기가 다른 팔다리가 사방으로 날아다녔다.

전날에 도성에서 있었던 일들도 때때로 현장과 겹쳐 보였다.

그러다 보니 바그다드에서 일어났던 대학살이 오로지 흑천마검의 의지가 아니었을지도 모른다는 의심이 들기 시작했다. 아니라고 부인해도, 내가 그것을 바라고 있었는지도 모른다.

그러한 의심을 지우기 위해서라도 나는 쉴 새 없이 손

발을 놀렸다. 단전이 텅 비어 버린 이후에는 중완의 할라와 재생 마법에 의지했다.

그러던 어느 순간에 누구도 내게 다가오지 않는 때가 있었다.

내게 달려오다 가도 그들 앞에 펼쳐진 광경에 바로 등을 돌리고 도망치기 일쑤였다. 그러면 나는 나아가던 그 방향 그대로 뒤쫓아 가서 그 텅 빈 등에 대고 검을 휘둘렀다.

나는 귀신이 되었다.

죽음을 몰고 다니는 귀신.

귀신의 하얀 손에 붙잡힐까, 붉은 눈에 혼백이 빨릴까.

마주치는 이마다 사지를 벌벌 떨며 나를 피해 도망치기만 할 때.

"오거라! 혈마의 교도들이여! 이리 와서 한 놈도 남겨두지 말고 죽여라!"

그때를 위해 남겨두었던 일말의 공력을 두 입술 사이로 터트렸다.

그 순간 지축의 흔들림이 느껴졌다.

붉은 개미떼같이 조그마한 군집(群集)으로 보이던 무리

가, 각각 사람의 형상을 갖추며 빠르게 가까워지며 시야 안에서 점점 커져 간다.

반쯤 멀어진 입에서는 화산의 수증기 같은 열기가 새어 나오고, 붉은빛깔로 번지르르한 안채(眼彩) 오만이 어둠 속에서 사냥감을 노려보는 짐승의 그것으로 점점 커져가니, 그 광경을 보는 모든 이가 몸서리를 칠 수밖에 없다.

"혈마는 위대하다!"

색목도왕의 목소리.

"혈마는 위대하다!"

교도의 목소리.

"혈마는 위대하다!"

그 모두의 목소리가 한데 합쳐져서 겁풍(劫風) 같은 기세를 형성했다.

하늘에 몸체가 있었다면 진작에 깨져서 조각을 흩뿌렸을 것이고, 공기가 형체를 지녔다면 갈래갈래 갈려져서 그 안을 드러냈을 것이다.

투구에 깃털 꽂은 것들이 중구난방으로 움직이기 시작했다.

"진(進)!"

"퇴(退)!"

"방(防)!"

서로 다른 명령들이 여기저기서 떨어졌다. 하지만 그것들을 통제할 북소리는 들리지 않는다. 경박스러운 호각소리만이 빽빽 울리면서 병사들을 재촉하나, 병사들은 얼이 나가 있었다.

그네들의 수가 훨씬 많다는 것을 믿고 있던 자들은 이제 거기에 없었다. 그랬던 자들은 내게, 우리에게 왔다가 죽었다.

끝났다.

악마 같은 형상으로 뛰쳐나오는 군단의 모습에서, 다시 확신할 수밖에 없었다.

이 전쟁은 끝났다.

제6장

괴로운 목소리

기미년 9월 29일

상남에서 대승을 거두고 하남성 사협으로 진출한다. 적병의 사상자가 십만을 넘는 반면에, 혈마군의 피해는 오백이 되지 않는, 역사에 길이 남을 압승이었다.

황군의 잔병 십사만은 여양으로 후퇴한다.

기미년 9월 30일.

상남 전투에서 사로잡은 사만육천여 명의 포로를 두고

거마회가 열린다.

그 많은 인원을 수용할 수 있는 시설과 군량 또한 부족하다는 이유를 들어, 삼뇌자가 대분(大墳)을 만들어 생매장하자고 하였으나 이에 색목도왕이 크게 분개한다.

"자고로 장강과 하남곡창(河南穀倉)을 지배하는 자가 중원의 주인이라 하였사옵니다. 마침 하남 도읍 정주가 하남 산물의 집산지이면서 중원 최대의 곡창이옵니다. 하오니 하남곡창을 치면 포로를 능히 먹일 뿐만 아니라, 중원을 도모할 군량을 확보할 수 있사옵니다. 소마에게 포로를 맡겨주시옵소서. 소마가 정주까지 가는 길을 열어 놓겠사옵니다."

이에 대뇌귀단과 단주 상청을 색목도왕과 함께 북방으로 보낸다.

기미년 10월 8일.

여양에서 색목도왕이 점거 보고를 보낸다.

[여양으로 가는 길에 포로 삼만의 의복을 모두 붉게 물들이고 진군하니, 싸우지 않고도 성문이 열렸사옵니다. 퇴주하던 적병 몇을 사로잡아 물었사온데, 회군하여 하북을 지키라는 연왕의 명령이 있었다 하옵니다.]

기미년 10월 10일

황군이 곡창을 불태웠다는 소식이 들려온다. 정주뿐만 아니라 낙양, 개봉, 허창 일대의 최대 곡창들에서도 비슷한 소식이 연달아 들려온다.

기미년 10월 12일.

색목도왕과 합류하여 하남성 도읍인 정주에 입성한다. 그러나 이미 알고 있던 바와 같이, 군물(軍物)이라 할 만한 것들은 모두 불타 사라진 뒤였다.

포로는 물론이거니와 본교의 혈마군을 먹일 군량까지 모두 떨어졌다. 약탈을 거행해야 할지 고심하고 있을 때, 하남 최대 명문 주도공이 금 이백 관과 군량 오만 섬을 바치고 입교를 청한다.

"동풍(同風)과 황충(蝗蟲)보다도 어려운 것이 황군의 눈을 속이는 일이었사옵니다. 어렵게 비축한 이 곡식으로 중원을 온전히 인견(引牽)하시옵고, 본인 이하 가솔들의 입교를 허(許)하여 주시옵소서."

기미년 10월 15일

중원 무림의 인사들이 정주 관아에 들린다.

소림사에서는 양각대사, 무당파에서는 태극진인 편으로 일시에 봉문을 알려오고, 죽산대의원에서는 천의가 의생 삼십여 명을 대동하여 포로들의 치료를 자청한다.

기미년 10월 18일.

장강의 수룡맹(水龍盟)에서 왔다는 영주도라는 무인은 관아 앞에서 소림과 무당을 질타하다가 만인이 보는 앞에서 참살당한다.

[천하의 일에는 시비(是非)와 사정(邪正)이 있는 것인데, 이것이 옳으면 저것은 그르고 이것이 정당하면 저것은 간사한 것으로서 결코 양립될 수가 없는 것이다.

마인들이 그르고 간사하듯이, 불문과 현문의 대종사인 소림과 무당은 응당 옳고 정당함이 마땅하다고 여겨져 왔으나, 공의(公議)를 배격한 저들에게 무엇을 말하겠는가.

이제 시비와 사정을 가리는 영웅들이 본 맹(盟)에 모여 절치부심(切齒腐心)의 마음으로, 간악한 혈마교주를 능지처참(陵遲處斬)하는 날까지 의롭게 싸우고 있으니, 어제까지 숭산과 무당산을 보고 있던 천하 영웅들은 본맹에 운집하여 혈겁을 막을 지어다.]

기미년 10월 19일

수룡검왕의 세력을 전신(前身)으로 두었던 장강 수룡맹을 홀로 전멸시키고, 하남성 정주를 기점으로 북진을 시작한다.

대별성마 주의광에게 포로군 삼만을 편성하여 대별산 인근을 필두로 한 하남성 남부 및 호북성 북부의 정벌을 맡긴다.

기미년 10월 29일

혈마군 오만을 이끌고 정도 무림의 잔당들을 물리치며 하북성에 진출한다. 황군 십사만과 정도 무림인 일만이 석가장(石家莊)에서 전비를 갖추고 있었으나, 본교는 파죽지세의 형국으로 전선을 안국까지 확장시킨다.

기미년 11월 5일

유생 오백여 명이 황도로 가는 길목인 청원에서 결사투신(決死投身)한다. 노학자 길유가 진군을 가로막고 소리친다.

"현군(賢君)의 명덕(明德)은 바라지도 않거니와 민정(民政)과 물의(物議)가 위로 통하기만 할 것 같아도, 부끄러운 마음으로 안분(安分)하며 살아갈 것인데, 역괴 일인(一人)이 죽인 수가 십만에 이르는구나. 그 신력(神力)을 마력(魔力)이라 부름이 마땅하고 성정의 망령됨이 참으로 극악하고 흉패하도다. 헌데도 현실이 용렬한 군세를 지닌 역괴에게 대세가 있으니, 칼을 쥔 소인(小人)이 큰 나라를 차지한 형국이라. 장차 천하 사민의 고난을 알면서도 알지 못하는 체한다면, 숨을 쉰다고 하여 그게 살아간다 할 수 있겠는가."

기미년 11월 10일

후퇴를 거듭하던 잔병들과 하북 도성에서 최후의 결전을 가진다.

황궁의 삼 할이 전소(全燒)되었으나 그 위치가 후궁전이 위치하던 동방에 치우쳐 있어서 당장 쓰기에 부족함이 없고, 광활하고 웅장한 황궁의 자태가 크게 미워지지 않았다.

내관 이백여 명과 금위군 삼천을 대동한 채, 북방으로 도망치던 황제는 가짜로 판명되었다.

연조의 대신들을 고신한 끝에 진짜 황제는 혈마군이 하북으로 들어오던 시점부터 자취를 감췄다는 것을 알게 되고, 영귀단과 영마단에게 전세지문과 동조하여 진짜 황제를 찾아 추살(追殺)하도록 명령을 내린다.

패잔병들은 뿔뿔이 흩어진다.

기미년 11월 24일

하북, 하남, 호북, 호남. 중원에서도 기름진 땅으로 유명한 사성(四省)의 주요 인사 천 명의 서명이 담긴 전서가 도착한다. 사실상 연조의 패망을 인정하고, 새로운 사직(社稷)의 탄생을 인정하는 전서였다.

이에 혈마군 이만을 색목도왕에게 맡겨, 대별성마 주의광과 함께 서명을 하지 않은 반목(反目) 세력들을 처단케 한다.

경신년 1월 1일

산동, 강소, 안휘, 강서, 절강, 복건, 광동, 광서, 귀주, 중경.

황도에는 대행혈마단주 염왕손과 혈마군 오천을 남겨두고, 혈마군 일만을 직접 지휘하며 남진을 나선다. 바야흐로 천하 동방과 남방 십성(十省)을 관통하는 대 정벌을 시작한다.

또한 황실의 근원인 강서성을 거점으로 한 분조(分朝: 임시로 세운 조정)의 존재를 알게 된다. 이하 내관 조우가 지니고 있던 서신이다.

[적을 섬멸하는 일과 종사를 보존하는 일, 무엇이 먼저이고 나중임을 알 것이다. 태자 율에게 군국의 기무(機務)를 맡겨 조치하게 하였으니, 거기에 회복의 희망이 달려 있다. 뒤따라오는 사람들은 모두 태자 율에게 보내어, 기어코 위급한 국사를 회복케 하고 있으니 대신들 또한 짐의 뜻에 따르도록 하라.

또한 서쪽의 적은 본시 열열(熱熱) 사막에 살아 추위를 무서워한다고 말하는 이들은 모두 간신(奸臣)이니 전부 베어 버려, 태자 율의 슬기를 어지럽히지 못하도록 하라.]

경신년 1월 13일

색목도왕에게 장강수로채주가 장강의 수로를 상세하게 기록한 운무거암도(雲霧巨巖圖)를 바쳤다는 전갈을 받는다.

그리고 산동성 해양에서 항전하던 군선 육백 척은 당일 수몰시킨다.

경신년 1월 28일

산동성 정벌을 확신하고 안휘성으로 남진한다.

경신년 2월 7일

안휘성 성도인 합비에 무혈입성, 대전 침소에서 은신 중이던 살수 오십 인을 발견하여 처형하고 그 사체를 시전에 내건다.

이하 살수 오십 인의 목에 걸린 팻말에 적힌 문구다.

[血魔視萬物: 혈마께서 모든 것을 보신다.]

경신년 2월 8일

지천무문주에게 합비 인근의 잔당들을 처리토록 하고, 남궁세가가 자리하고 있는 가속촌(家束村)으로 홀로 향한다.

*　　*　　*

한 가문을 중심으로 형성된 마을을 가속촌이라 하고, 남궁세가의 가속촌은 황산 아래에 있었다.

바야흐로 유민(遺民)들이 정처 없이 떠도는 혼란스러운 시국이고, 당장 위쪽에서부터는 본교의 군대가 내려오고 있으니 지나치면서 봤던 마을들은 한창 분주했다.

그런데 남궁세가의 명망을 보여 주는 한 단면으로, 이 가속촌은 나름대로 질서와 침착함을 유지하고 있었다.

사람들이 많이 모여 있는 시가지 중심에는 목곽들을 쌓아, 잘 보이는 곳에 높이 선 남궁세가의 청지기가 좌중들을 안심시키는 연설을 하고 있었다.

다른 마을들에 비해 비교적 침착하다는 것이지, 평상시와 똑같을 리가 없었다.

사람들 얼굴에 근심이 가득하고, 갓난아이를 안은 부인 같은 경우엔 제 아이를 내려다보며 안절부절못하고 있었다. 당장에라도 도망쳐야 하는 것이 아닌지, 그것을 생각하고 있는 거다.

시가지를 지나쳐 세가 정문까지 걸어갔다.

정문에도 사람들이 어지간히도 많이 모여 있다.

상계의 사람들도 많지만 무인들도 상당했다. 세가의 입장을 표명하라는 그들의 외침이 쩌렁쩌렁하게 울렸다.

그러던 문득, 그 많은 사람들을 막아서고 있던 검수 하나와 눈이 마주쳤다.

온갖 짜증으로 구겨져 있던 그의 얼굴이 나를 보자마자 확 펴졌다.

그가 사람을 밀어젖히며 내게 뛰어왔다. 그러고는 십년지기 친구를 오랜만에 만난 것처럼, 반가움이 가득한 음성을 터트렸다.

"위 소제!"

장강쌍협 중 한 명인 독고야였다.

*　　*　　*

"살아 있구나……."

귀를 기울여야만 들을 수 있을 정도로 작은 목소리.

독고야가 혼잣말로 중얼거렸다. 그러면서 나를 바라보는데, 어쩐지 상처 입은 아기 고양이를 보는 듯 측은한 눈

길이다.

그것도 잠시, 내 눈빛을 받은 독고야는 바로 발끈해 성질을 내려 했다. 그러나 무슨 생각이 들었던 모양인지 체념에 이른 눈빛을 비춘 다음, 사람들이 없는 곳으로 걸어갔다.

이쪽으로 오게.

독고야가 먼 쪽에 우두커니 서서, 내게 그런 손짓을 했다.

"지난 몇 달 동안, 어떻게 살았나?"

그가 약간 망설이다가 입술을 뗐다.

어차피 신분을 드러낼 의도가 없었다. 신분을 드러내는 순간, 남궁가의 대문 앞에 운집해 있는 많은 사람들을 죽일 수밖에 없었다.

혈마교주 앞에서 정도의기(正道意氣)를 부르짖는 이들을 살려 둘 수는 없는 법이다. 그래서 이전처럼 대꾸했다.

"남들 같이 살았습니다."

조용히 온 목적이 있기에 소란은 피하고 싶었다.

"……이리 무탈하니 되었네. 이제야 마음을 놓을 수 있겠어. 그런데 소제. 저치들처럼 굴려고 온 것은 아닐 테고."

당금, 중원의 정도 무인들이 말하는 의와 협은 결국 반

교주의(反敎主義)다. 실제로 독고야가 시선을 돌린 쪽에는 그러한 인사들이 정문 앞에 운집하여 얼굴을 붉히고 있었다.

하지만 독고야는 되려 그들을 혐오스럽게 바라보고 있었다.

의와 협을 입에 달고 살았던 그였으나, 못 본 사이에 많이 달라져 있었다.

"부디 저치들처럼 굴지 말게. 그동안 얼마나 많은 이들이 비명에 갔는가. 이리 살아 있는 걸 봤으니 됐네. 내게 실망하든 말든."

"유자(儒者)들은 그러더군요. 이 시국에 숨을 쉬고 있는 자들은 부끄러움을 몰라 살아 있는 것이라고."

독고야는 내가 자신을 질타할 거라고 생각했었던 것 같다. 그러나 내가 차분하게 대답하자, 독고야가 의외라는 표정을 지었다.

"산천별곡에 숨어서 무슨 말인들 못 하겠는가. 정작 그리 말하는 것들부터가 무치(無恥)한 것들이네. 청원오백인 외에는 유관(儒冠)을 쓸 자격이 없는 것들이지……."

독고야가 나지막하게 이를 갈면서 말했다.

독고야의 그 말에 황도로 가는 길목을 가로막아 서던 유생들의 모습이 자연히 떠올랐다. 길유라던 노학자와 그와 뜻을 함께하던 벗 그리고 제자들은, 그날 죽었다.

"달라지셨습니다."

내 그 말에 독고야의 얼굴에 쓴웃음이 걸렸다.

"그렇게만 말해 주니 고맙네만…… 소제도 어지간히 싸우고 다녔군. 그럴 줄 알았지. 그래서 더 신경 쓰였던 것이고."

그는 확신하고 있었다. 누군들 모를까? 내게는 평생 지워지지 않을 피 냄새가 비릿하게 남았다.

"그런데 용케도 살아 있어."

독고야가 내 전신을 빠르게 훑었다. 정작 그러는 그부터 선 자세가 불편했다. 내게 다가올 때도 다리를 쩔뚝이더니, 지금 당장도 전신의 무게 중심이 왼쪽으로 치우쳐 있었다.

"독고 선배야말로 살아 계시는군요. 어디에서 다치셨습니까?"

"석가장. 소제도 거기에 있었나?"

석 달 전쯤이다.

"있었습니다."

내 입술 사이로 차가운 음성이 흘러나왔다.

"그렇군……."

독고야는 말이 없어졌다. 그는 눈발이 일기 시작한 하

늘을 가만히 올려다보면서 상념에 잠겼다. 점점 일그러지기 시작한 표정이 마지막에 이르러서는 참담하게 무너졌다.

나는 그가 왜 그러는지 알고 있었다. 이렇게 살아 있다는 것은, 끝까지 결사항전하지 않고 전황에 패색이 짙어졌을 때 뒤도 돌아보지 않고 도망쳤음을 반증하고 있기 때문이었다.

"장 선배는?"

그렇게 묻는데, 이상하게 심장이 빨리 뛰기 시작했다.

두근두근.

"병상(病床: 병자가 눕는 침상)에 있네."

아!

안도하는 마음이 먼저 들었고, 그다음으로 깨달음이 있었다.

몇 번이나 보았다고, 어느새 이들 장강쌍협에게 정이 들었구나!

내가 이들을 죽였을 수도 있을 거란 생각이 들자, 차갑고 무거워진 심장이 축 꺼졌다.

혈마교에 대적하지 말라고 한소리 하고 싶었으나, 이미 그부터가 그런 마음을 일찍이 접은 것 같아 그만두었다.

"많이 다치셨습니까?"

"차도를 보이기 시작하니 걱정 말게."

"……그동안 두 선배께서는 어떻게 지내오신 겁니까?"

독고야가 내게 처음 물었던 그 물음을 똑같이 돌려주었다.

독고야는 머리에 엉겨 붙는 잔눈들을 훌훌 털어버리면서 나를 바라보았다.

내 그러한 물음이 꽤 반가웠던지, 어둡기만 했던 표정은 천천히 사그라지고 기분 좋은 빛이 두 눈 위로 번질거렸다.

"소제가 떠나고 우리는 남궁 소저를 본가까지 데려다주기로 하였지."

이야기는 거기서부터 시작했다.

"안휘성에 들어갈 무렵에 이상한 소문이 들리더군. 창천검왕 주의광이 변절했다는 것이었지. 다들 경악했지만 정작 우리는 그러려니 했네. 창천검왕의 변절보다도 흑도(黑道)에 의해 죽임을 당한 수룡검왕 쪽이 더 충격적이었네."

"하지만 중원에는 수룡검왕이 혈마교주에게 죽임을 당했다고 알려져 있습니다. 수룡맹에 전하지 않으신 것입니까?"

"수룡맹. 맞아. 그런 이름이었지. 처음, 수룡맹에 알렸으나 그 배덕한 것들이 우리를 감금하려 하는 것을 눈치채고, 빨리 도망쳤지. 수룡검왕의 죽음이 알려지면 안 된다고 생각하고 있었던 게야. 그래. 그것도 그러려니 하였네. 당시만 하여도, 우리 또한 혈풍(血風)을 막기 위해서는 수룡맹이 흩어져서는 안 된다는 데에 동감하고 있었네. 그렇게 하는 것 하나 없이 전멸당할 줄 알았다면, 놈들의 안면에 대고 크게 비웃어줬을 텐데 말이야."

독고야가 계속 말했다.

"어쨌든 살인멸구까지 당하겠구나 싶어 도망쳤네. 추격대가 독하더군. 일정도 각오종이 쫓아오고 있었으니까 그럴 만했지. 사우 그 아이가 아니었다면, 우리는 거기서 끝났을 거네."

사우라는 아이를 언급할 때, 독고야가 살짝 미소를 머금었다. 나는 그 아이가 본교에서 보낸 소교, 사휘라는 것을 대번에 눈치챘다.

"나이로 사람을 평하면 아니 된다는 것을 그 아이를 만나고서야 깨달았네. 강호밥을 수십 년 먹은 우리 둘을 합친 것보다도 훨씬 낫더군. 그런데 원래 우리는 그 아이를 받아들이지 않으려 했네. 떠도는 고아라 하였지만, 남궁 소저에게 의도적으로 접근한 것이 보였으니까."

"그렇습니까."

"추격대의 일원일 수도 있다고 생각하였지. 하지만 남궁 소저가 맞았네. 그 아이 덕분에 우리는 추격에서 벗어날 수 있었네. 일정도쯤 되는 고수가 한낱 아이에게 죽임을 당하다니."

"흥미롭군요."

"흥미로운 이야기는 거기서 끝이고, 우리는 세가에 들어왔네. 그때 혈마교주의 포고문(布告文)이 우리를 기다리고 있더군. 그때부터 시작되었지."

차분하게 고개를 끄덕였다.

"모두가 그렇듯, 우리도 혈마교주의 광오함에 할 말을 잃었지. 홀로 천자를 베고, 혈마군을 중원으로 진군시키겠다니? 그것도 예고까지 하면서? 하지만 혈마교주는 그래도 되는 자였지…… 소제가 어떤 재주로 얼마나 많은 전장을 돌아다녔는지는 모르겠네. 하지만 석가장 전투에도 있었다니 보았을 거네. 혈마교주를."

그러면서 독고야가 내 얼굴을 슬쩍 살폈다.

"역시 소제도 나와 같은 생각 모양이군. 전장에 선 혈마교주를 한 번이라도 봤던 이들은, 저러질 않지."

독고야는 정문의 군웅들 쪽을 쳐다보며 말했다.

"꼭꼭 숨거나, 죽거나 혹은 죽어가거나…… 다 그렇지. 사실 소제나 나나 병상에 누워 있지 않아도 심경은 그렇게 되었지 않나."

내가 동요하지 않고 조용히 듣고만 있는 것을 확인한 그는, 더욱 씁쓸해진 얼굴로 입술을 뗐다.

"혈마교주의 얼굴을 봤습니까?"

"소제만 보았을까? 나도 보았네."

온통 피칠이 되어 있었기 때문이었는지, 그랬다면서도 나를 알아보지 못하고 있었다.

"보았네. 그랬지…… 멀리서나마……."

그렇게 닫혀진 독고야의 입술은 한동안 열리지 않았다. 대신 미연하게 떨리는 독고야의 손끝 움직임이 보였다.

잠시 후.

그가 이야기를 다시 시작했다.

"혈마교주의 포고문을 접했을 때는, 우리는 어디로 가기에는 너무 늦었다네. 그래서 예고한 바가 정말 일어나는지 두고 보기로 하였지. 그런데 사실이었지. 혈마교주는 광오하다고 비웃는 이들을 사람의 것이 아닌 얼굴로 비웃었네. 그리고 우리는 동시에 두 가지 소식을 들었네. 황도에서 일과 서쪽에서 일어난 큰 전투에서 대한 것. 혈마교주는 하루를 두고 그런 일을 벌였지. 그래, 그때까지만 해도 소문이 부풀려졌다고 생각했었네. 다 그랬지 않나."

"그렇지요."

"일삼과 나는 늦었지만 하남으로 향했네. 가는 족족 뭐 한 번 해 보기 전에, 패전 소식들이 들려오더군. 그래서 우리는 북쪽으로 발을 돌려야 했네. 이러다가 한 번 싸워 보기도 전에 전쟁이 끝날 것 같았지. 그래서 혈마군이 계속 이긴다면, 결국 석가장에서 크게 부딪칠 수밖에 없다 생각해서 먼저 석가장에 갔던 게야. 소제는 어쨌는지 모르겠지만."

"석가장. 두 번째로 큰 전투였습니다."

"그랬다지. 그리고 나는……."

독고야가 말을 하던 중간에, 도포 자락을 살짝 들어 올렸다.

절뚝이던 이유는 의족 때문이었다.

"나는 발을 잃고, 일삼은 그런 나를 여기까지 데려오면서 상처가 계속 곪고 터졌지."

독고야는 도포 자락을 움켜쥐었던 주먹을 풀며 나를 쳐다보았다.

"그렇게 볼 것 없네. 그래도 다행인 것은 남궁가가 우리 장강쌍협에게 진 빚이 있었기에, 천의의 의생 한 명을 빼내오는 데 큰 힘을 쓴 것 같더군. 그다음부터는 계속 여기에 있었네. 소제."

"말씀하십시오."

"소제는 더 싸울 생각이 드는가?"

말없이 독고야를 쳐다보았다. 그러자 독고야는 우는 것처럼 웃었다.

"크흐흐. 크흐흐흐흐흐."

그러다 그의 웃음소리가 딱 멎었다.

"혈마교에 정사(正邪)를 논할 수 없지. 이미 천하의 주인이 되었는데. 하물며 젊은 교주는 독보천하(獨步天下)하여 사람이 짐승처럼 보일 텐데. 저런 머저리들을 잡아먹지 않고 무엇하는 것인지. 크흐흐흐흐흐."

감정이 과잉된 독고야는 정말로 눈물까지 뚝뚝 흘렸다.

시가지에서 들어오는 방향으로, 우두커니 서 있는 남궁화를 발견했다.

덜덜덜.

그녀는 소피를 지리는 아이처럼, 이쪽을 바라보며 부자연스럽게 굳어 있었다. 하얗게 지린 사색(死色)이 멀리서도 뚜렷했다.

그때.

독고야가 내 어깨에 팔을 두르며 말했다.

"늙으면 주책바가지가 된다지만, 이리 다 풀어버렸더니 그래도 낫네. 천의의 의생이 했던 말이 맞구만! 소제도 남에게 못다 한 말들을 내게 풀어보시게. 서로 만나지는 못했어도 우리는 전우(戰友)가 아닌가."

* * *

독고야의 시선도 나를 따라 움직였다.

"소저! 여기 누가 왔는지 보시게. 위 소제가 왔네. 위 소제가."

독고야가 내 어깨를 두른 채, 남궁화에게 손짓했다. 옆으로 보이는 독고야의 한쪽 얼굴로 화색이 짙게 물든 것이 보였다.

어쩌면 나는 그에게 몇 남지 않은 지인일지도 모른다.

그때 정신을 차린 남궁화가 정문에 운집한 사람들을 휙 돌아보더니, 이쪽을 향해 무거운 발걸음을 옮기기 시작했다.

"소저. 무슨 일인 겐가?"

독고야가 내 어깨에 두른 팔을 풀며 남궁화에게 먼저 다가갔다. 누가 보더라도 남궁화의 안색은 비정상적이었다.

"대협…… 저들을 모두 쫓아주시겠습니까……."

"못 할 것도 없지만. 소저. 촌내에서 무슨 일 있었나? 낯빛이 말이 아니야."

"그, 그렇습니까? 한풍(寒風)이 들었나 봅니다."

"마교의 찬바람이 몇 사람이나 잡는구나."

독고야의 그 말에 남궁화의 두 눈동자가 순간 생기를 잃고 흔들렸다.

"예서 이럴 게 아니라 어서 들어가시게."

"위…… 공자께서 먼 걸음을 하셨습니다. 하면 부탁드리겠습니다. 대협."

"정말, 저치들을 쫓아 버려도 되겠나? 소저가 또 경을 치르지 않을까 싶네만."

"대협. 소녀도 남궁의 성을 씁니다."

"그렇게까지 말한다면야. 알겠네. 위 소제와 먼저 들어가 있으시게. 내 바로 따라 들어가지."

독고야는 나를 돌아보며 그렇게 말한 다음, 운집한 사람들 틈 사이로 손을 휘휘 저으며 걸어갔다. 그런데 쩔뚝거리는 그의 뒷 모양새에서 어쩐지 눈길이 떨어지지 않았다.

독고야가 가고.

흡!

그 자리에 남겨진 남궁화는 허리를 숙였다.

아마도 넙죽 엎드리려 했던 것 같은데, 보는 눈들을 의식했기 때문인지 가죽신을 고쳐 신는 시늉을 하는 것이었다.

"……오셨습니까."

윤선에서 마지막 봤을 때만 해도, 내 정체를 알고 있음에도 불구하고 대범함을 잃지 않았던 그녀였지 않았던가.

"안……안으로 모시겠습니다."

그런데 지금 남궁화는 살쾡이 앞의 생쥐같이 잔뜩 겁먹어, 정말 독한 감기에 걸린 듯이 몸을 부들부들 떨고 있었다.

나는 생각하다가 말했다.

"장일삼은 어디에 있느냐. 그에게 가자."

처음 온 목적과는 달리, 왠지 그부터 봐야 할 것 같았다.

남궁화도 독고야와 장일삼이 석가장에서 본교와 싸우다가 그리된 것을 알고 있는 눈치였다. 아니, 모를 리가 없다. 둘이 말하지 않았을 리가 없으니까.

그렇기 때문에 내 입에서 장일삼이 언급된 순간, 남궁화는 어쩔 줄을 몰라 했다. 우두커니 서 있기만 하던 그녀가 비로소 걸음을 뗐다.

별채로 가는 길이 맞았다. 남궁화는 식객(食客)들이 아는 체 해오던 것을, 묵묵부답으로 빠르게 스쳐 지나갔다.

그리고 한 별채 앞에서 멈춰 섰다.

충분히 오십여 개 정도의 방을 가질 수 있는 커다란 별채였는데, 그 규모에 맞는 뜰도 있었다. 비단 정문 밖뿐만 아니라 사람이 모인 곳이라면 어디나 그렇듯, 뜰에서도 열띤 시국논쟁(時局論爭)이 몇 개의 무리로 나누어져 큰 언성이 오가고 있었다.

나를 불안하게 쳐다본 남궁화가, 눈이 마주치기 무섭게 가죽신을 벗고 별채로 올랐다. 그러고는 좁은 복도 안을 안내했다.

남궁화는 한 방문 앞에 이르러서 그 문을 열었다.

드르륵.

조금씩 들어오는 방 안으로 고이 누워 있는 장일삼이 보였다.

나는 장일삼 앞에 앉았고, 남궁화는 열었던 것처럼 소리 나지 않게 문을 닫았다.

"……."

초췌한 장일삼.

같은 사람이라고 알아보지 못할 정도로 수척한 그 모습에 심장이 찌릿했다.

장일삼의 환부를 두르고 있던 천을 조심스럽게 풀었다. 역시나, 감염은 목덜미의 자상에서부터 시작된 것이었다.

"누구냐."

음산히 퍼진 살기에, 남궁화는 바로 대답하지 못했다. 그래도 내가 무엇을 묻는지 알아차린 그녀가 대답 대신 행동으로 옮겼다.

"따라오시지요. 단, 부르시는 분이 본가의 귀빈 중에서도 초(超) 귀빈이시니, 절대 경동(輕動)하시면 아니 되십니다."

"대체 뉘시길래 그러오?"

"선생께서는 소녀의 말을 명심 또 명심하셔야만 하십니다."

"귀띔이라도 해 주셔야 하는 것 아니오? 이렇게 갑자기."

"귀빈께서 상패검 장 대협을 치료하신 일로, 화가 단단히 나신 것 같습니다."

"그 무슨!"

멀리서 그 소리가 들려온 직후,

흰 포의(布衣)를 걸친 사내 하나가 남궁화와 함께 방 안으로 들어왔다.

죽산에서 머물렀던 때가 오래전 일이라 해도, 그가 천의의 수제자 중 한 명이었다면 기억해냈을지도 모른다. 하지만 그가 기억나지 않았다.

그가 천의 밑에서 진짜 수학을 했든, 아니했든 상관없었다.

그게 중요한 게 아니었다.

큼지막하게 움직인 기류가 그의 몸을 짓눌렀다. 제 의

지와는 상관없이 무릎을 꿇게 된 사내는, 억울하고 놀란 얼굴로 나를 쳐다보았다.

"대체 이……!"

그가 따지고 들려다가 내 눈빛을 받아 바로 입을 다물었다.

"병자의 용태(容態)는 왜 속이고 있는 것이냐. 아니면 모르는 것이냐."

독고야는 장일삼이 차도를 보이기 시작했다는 이자의 말을 믿고 있었다.

하지만 아니다.

의술을 모르는 이라면 불그스름한 낯빛을 그렇게 오인할지 모르나, 의자(醫者)라는 자가 그 증상이 회광반조(回光返照)의 시작임을 모를 리가 없다.

장일삼은 죽어 가고 있었다.

"이…… 이 공자님은 대체 누구십니까?"

사내가 남궁화에게 다급하게 물었으나, 남궁화는 그를 외면했다.

그러자 사내는 안간힘을 짜내는 얼굴을 비추며 내게 말했다.

"속이는 것도, 모르는 것도 없소. 공자같이 높은 무공을 지닌 분들께서 병증을 속단하는 경우가 있는데, 이는 무척 위험한 일이오. 대체 무엇으로 나를 억압하는 것이오?"

"천의 밑에서 수학하였다고?"

사내의 얼굴이 바로 구겨졌다.

전신을 짓누르는 살기조차 이겨 낼 정도의 즉각적인 반응.

그것은 천의를 공경하는 마음이 참으로 크다는 반증이었고, 천의의 밑에서 수학했었다는 말 또한 거짓이 아닌 것 같았다.

그런데 용태를 오인해? 천의가 너무나도 수준 낮은 것을 보냈거나, 천의의 제자들을 내가 너무 과대평가하고 있는 것이다.

"공자가 뉘신지는 모르나, 그렇게 가벼이 담을 존명이 아니시오."

"선……생……."

사내의 어깨너머로, 아연 질색하는 남궁화의 얼굴이 보였다.

그녀는 구슬같이 조그마해진 눈동자를 어디에 둘지 몰라 하다가, 내게 간절한 눈빛을 보내기 시작했다. 그러나 그 시선도 그렇게 오랫동안 머무르지 못했다.

화가 치밀어 올랐다.

놈에게는 당연하거니와, 이렇게 의술의 깊이가 낮은 것을 보낸 천의에게도 화가 났고, 천의가 보낸 의생이라는 이유만으로 의술을 검증하지 않았던 남궁세가에게도 화가 났다.

하루만 늦게 도착했어도 장일삼은 죽었다. 그러면 내가 죽인 것이 아닌가. 내가 장일삼을 죽였다.

쫘악!

공력이 모여진 집게손가락 끝을 사내의 미간을 향해 뻗었다. 그렇게 집게손가락 끝이 사내의 미간에 닿으려던 찰나, 기침을 토하려는 장일삼의 병태가 느껴져 공격을 회수했다.

아니나 다를까 회수하고 몇 초 있다가, 장일삼이 거친 기침을 토하기 시작했다.

그때 사내는 바로 직전에 사선(死線)을 넘었다 돌아왔다는 것을 인지하지 못하고 있었다.

놈은 그래도 의생이랍시고, 기침을 토하는 장일삼에게로 몸을 기울였다. 장일삼의 진맥을 잡더니 눈썹을 찌푸리고 고개를 갸웃거렸다.

일어날 수 없는 일이 일어나고 있다는 듯이 말이다.

그때, 남궁화가 그의 어깨를 거칠게 잡아당겼다. 의원은 꼴사납게 뒤로 넘어졌다.

"가세요! 노자(路資)는 생각도 마시고!"

그렇게 우리를 슬쩍 쳐다본 놈의 안면 위로 부끄러운 빛이 떠올랐다.

"공자의 의술이 본생보다 높은 것 같으니, 염치불구하고 돌아가겠소."

"침통은 놓고 가거라."

놈은 항변하지 않고 침통을 내려놓았다. 놈은 조금도 모르겠지만 장일삼의 기침에 이어서, 그 행동이 놈의 목숨을 두 번째로 살린 것이었다.

지끈거리는 신경통을 느끼며 장일삼 앞에 제대로 자리 잡고 앉았다.

병증의 원인이 세균성 감염에 있었기 때문에, 다량의 균에 잠식된 사혈(死血)부터 내보는 것을 우선으로 삼았다. 세포를 재생시킨다 하여 체내에 남은 균 전부를 몰아내는 것은 아니라서, 재생 마법이나 회복 마법은 지독한 세균성 질환에는 취약했다.

남궁화가 숨죽이고 있는 가운데, 나는 장일삼의 상체를 드러냈다.

놓는 방식이 추궁(椎弓)을 연상케 한다 하여, 추궁구침이라 명명된 방식으로 침을 놓아 사혈들을 점점 끌어 올렸다.

그때 독고야가 들어왔다. 남궁화가 독고야를 향해 입술에 집게손가락을 대어 보였지만, 독고야는 그녀의 뜻대로 조용히 있지 않았다.

"소제! 그만두시게!"

독고야의 외침을 무시할 수밖에 없었다. 이미 사혈을 끌어올린 마당에 지금을 놓친다면, 급사(急死)로 이어질 수 있는 위험한 순간이었다.

"그만두라니까!"

마지막 침을 첫 번째 늑간의 가슴뼈 가운데, 화개(華蓋穴)에 꽂았다.

그러자 다리 끝부터 물들었을 적색 빛이 허리를 타고 올라와 목까지 붉게 번졌다. 침 끝을 더 세게 질러 넣었다.

비로소 장일삼의 입이 쩍 벌어졌다. 흑빛으로 죽은 목젖까지 보일 정도였다. 사혈이 올라오는 세기를 확인해야만 했기 때문에, 나는 그 일을 각오하면서 벌려진 입 앞으로 바짝 얼굴을 마주 댔다.

사혈이 올라오는가 싶더니, 제대로 된 힘으로 뿜어져 나왔다.

얼굴에 뜨끈한 핏물을 뒤집어썼다. 코 안까지 들어온 비릿한 냄새는 몹시 익숙했다.

피칠이 된 얼굴을 쓸어내리며 눈을 떴을 때, 나를 멍하니 바라보고 있는 독고야의 얼굴이 시선 가득히 차 들어 왔다.

"소제……였나……."

독고야가 괴로운 목소리를 냈다.

제7장

세치혀

언제나처럼 독고야의 한 손에 쥐어져 있던 금선(金扇)이 힘없이 떨어졌다.

바닥에 부딪치면서 난 툭, 하는 소리가 적막 속에서 유난히 크게 들렸다. 잔뜩 긴장해 있던 남궁화가 별것도 아닌 그 소리에 깜짝 놀랐다.

그간 나를 몰라보고 선배 행세를 했기 때문은 아닐 것이다.

그의 괴로운 시선에는 죽임을 당할 수 있다는 공포가 전혀 보이지 않았다. 원한으로 가득한 살의(殺意) 또한 없었다.

공허한 두 눈동자가 나를 향하고 있으나, 그렇다고 내게 초점이 머문 것도 아니었다.

과거 어디쯤을 유영하고 있을 그 시선을 명명하자면…….

회의(懷疑)에 가까웠다.

"재미…… 있으셨소?"

앞에서 던져진 느릿한 물음 하나가 내 가슴을 후벼 파며 들어왔다. 처음에는 피부가 따갑다 싶었고 곧 가슴 깊은 곳이 차가워졌다.

심장의 움직임이 느껴지지 않았다.

"진심으로 두 분을 기만할 의도는 없었습니다."

"기만이라…… 크흐흐……."

"콜록!"

그때 옆에서 장일삼의 기침 소리와 함께 몇 방울의 피가 더 튀겼다.

나는 다시 장일삼에게로 몸을 비틀고 그의 상태를 확인했다. 독고야를 추슬러 주기에는 장일삼의 치료가 급선무였다.

"일단 장 선배의 치료부터 끝냅시다."

독고야는 나를 막지 않았다. 그런 독고야의 행동을 의심했었어야 했는데, 나는 장일삼의 기맥을 살피는 데만

집중했었다.

몇 번의 침을 더 놓고 재생마법까지 펼쳤을 때쯤이었다.

가지런히 누운 장일삼의 몸 위로 하얀 빛무리가 막 떠오른 무렵, 뒤쪽으로 위험한 기운의 움직임을 느끼고 급히 등을 돌렸다.

휙!

“안됩니다아아아!”

남궁화의 비명 같은 외침이 정면으로 부딪쳤다.

독고야의 두 눈 밑으로 눈물처럼 흘러내리는 두 줄기의 핏물이 보였다. 콧구멍과 귓구멍 그리고 입에서도 바로 핏물이 쏟아졌다.

독고야의 칠공(七孔) 전부에서 핏물이 흘러나오는 것을 본 그 순간, 시간이 정지하고 세상이 좁아졌다. 주변의 어떤 배경이나 남궁화의 목소리 따위는 보이지도 들리지도 않았다.

“천……하의…… 혈마교주도…… 그런 표정을…… 지을…… 줄 아는……구려…….”

그 음성이 세상을 잠식했다.

그리고 꺼져 가는 한 생명은 세상을 요란하게 흔들기 시작했다.

안 돼. 안 돼. 안 돼.

말없이 소리쳤다.

몇 번이고 나를 살려 주었던 마법 결정을 토해내며 두 팔을 뻗었다. 걸리적거리는 어떤 여자는 밀어버리고, 세상에 한 사람인 그를 품 안에 안았다.

독고야가 나를 향해 뭔가를 말하고 있었다. 그러나 핏물이 한가득 머금어진 입에서 나오는 목소리라고는 어린아이가 우물거리는 소리와 다를 바 없었다.

그때 독고야의 몸속으로 하얀 빛무리가 스며들었다. 그러자 작고 우물거렸던 소리가 분명히 커지고 또렷해졌다.

"……은 것이 있을 수 없소. 내 죽음이 안타깝다면, 이미 죽어간 천만인의 죽음도 안타깝게 여겨주시오. 교주라면 피를 줄여 줄 수는 있을 테니 말이오. 그리고 부디 일삼에게는 들키지 마시……."

독고야가 이상함을 느끼고, 말을 멈춘 것도 딱 그때였다.

나를 밀어낸 그의 시선이 어느새 튕겨져 나온 의족에 머물렀다.

독고야가 제 도포를 확 걷었다.

가짜 다리를 달고 있던 자리에 상처 하나 없는 진짜 다리가, 거기에 있었다. 그가 크윽, 하는 침음과 함께 눈을 감았다. 크게 기운을 돌려보아도 끊겼던 근맥(筋脈) 또한 정상으로 돌아왔으리라.

"왜! 왜 그런 것입니까!"

그제야 독고야가 두 눈을 천천히 떴고, 시야 끝에 걸려 있던 남궁화는 이로 형용할 수 없는 복잡한 표정으로 나와 독고야를 번갈아 쳐다보았다.

"교주는 나를 얼마나 더 가지고 노셔야 직성이 풀리시겠소?"

독고야가 얼굴을 참담하게 일그러트리며 말했다.

"그런 것이 아닙니다."

"일말이나마 인정(人情)이 남아 있다면, 나를 내버려 두시오."

그러면서 독고야는 바닥에 떨어져 있던 금선(金扇)을 집어 들었다. 성명절기답게 신속하게 펼쳐진 부채 날이 금세 독고야의 목을 향해 비스듬히 날아들었다.

탁!

내 탄지에 부딪친 금선이 주인의 손에서 튕겨져 나갔다. 뱅그르 허공을 난 철 부채가 벽에 꽂혔다.

그러자 독고야는 텅 비워진 다섯 손가락을 응조수(鷹爪手)로 바짝 세워, 또다시 제 목을 향해 뻗쳤다.

하지만 독고야의 다섯 손가락이 그의 목에 닿는 속도보

다도 내 집게손가락 하나가 그의 마혈을 집는 속도가 더 빨랐다.

"읍!"

제압하는 힘을 더 실었기 때문에, 그의 몸이 옆으로 기울었다.

나는 혼절한 독고야를 내려다보았다. 그리고 어느 순간에는 얼굴 전체를 손바닥으로 덮으며 긴 숨을 내뱉고 있었다.

"하아아……."

참담한 숨이 참으로 길다.

남궁화의 인기척에 정신이 들었다. 무의식중에, 그동안 베어 왔던 사람들의 얼굴을 기억 속에서 더듬고 있었다. 그녀가 세숫물과 얼굴 닦을 천 그리고 갈아입을 옷을 가지고 돌아올 때까지도, 충격에서 헤어 나오지 못하고 있었던 것이었다.

고개를 흔들었다. 그렇게 번뇌(煩惱)들을 뿌리치고자 했다.

그러나 한겨울의 차가운 물로 정신을 깨우려 해도, 해결 방법이 생각나기는커녕 회한 가득한 독고야의 눈빛만 더 생생해졌다.

내가 말없이 독고야를 내려다보고만 있자, 남궁화가 부스럭거리며 다가왔다.

"걱정…… 되십니까?"

모든 걸 다 본 마당에 감출 이유가 없었다.

"독고야가 죽는 걸 보고 싶지 않다. 허나."

당장 막았다고 해서, 언제까지나 그의 옆에 있을 수는 없는 일이었다.

내가 떠나면 그는 또다시 제 근맥을 끊고 칠공으로 핏물을 흘릴 게다. 그리고 한이 남은 귀신의 몰골로 죽겠지.

본래부터 머릿속이 불타고 있는 듯 지끈거리고 있었는데, 거기에 기름을 끼얹은 것처럼 더 심해졌다.

살가죽을 뚫을 듯이 솟았다가 내려갔다가 다시 솟길 반복하는, 이마와 관자놀이 쪽 핏줄의 움직임이 거울로 보이는 것처럼 너무도 선했다.

그러다가도 어두운 낯빛의 독고야를 보면 그 화기(火氣)가 입술 사이로 새어 나온다.

한숨에 한숨.

그리고 어김없이 따라붙는 죄책감에 가슴이 먹먹해진다.

그러면 또다시 사방으로 튀어 날던 수급(首級: 적군의 머리)이 눈앞에 펼쳐지고, 나는 그 눈코입을 더듬는다.

"무슨 수가 있느냐?"

기대를 가지고 물었다. 그렇지 않고서야 걱정 되냐고 물을 리 없으니까……

그러나 남궁화는 고개를 저었다.

뭐?

나를 기만하려는 것이냐!

그 순간 양단으로 쩍 쪼개진 남궁화의 몸 바깥으로 내장이 와르르 쏟아지는 광경이 뇌리를 스치고 지나갔다.

손에 힘이 바짝 들어갔다.

내려치면 바로 쪼개질 것이다. 하지만 그러질 않았다.

그녀의 등 뒤로 혼절해 있는 독고야를 다시 눈에 담았다. 그런 다음 발짝 솟구쳤던 살의를 짓누르며 남궁화를 쳐다보았다.

남궁화가 순간 움츠러들었다가 아주 조심스럽게 말했다.

"소녀에게는 없으나, 교주님께서 보내신 아이가 비록 나이는 어려도 무척이나 총명하였습니다. 그 아이라면 꾀가 있을지도 모릅니다."

소교, 사휘를 말하는 것이다.

대체 어떤 모습을 보여왔기에 이리도 두터운 신망을 쌓아온 것일까.

독고야도 그랬지만 남궁화 또한 사휘를 언급하던 순간에 얼굴이 잠깐 평온해졌었다.

본래 남궁가에 조용히 온 목적도 그 아이에게 있었기 때문에 데려오라고 말했다. 남궁화가 나간 뒤, 나는 독고야 앞에 자리를 잡고 앉아 말했다.

"내 사람들을 지키고 싶었던 겁니다. 그럼 대체 어떻게 했어야……."

젠장.

그의 가슴에 이마를 쿵쿵 찧었다.

"대체. 대체…… 위 소제가 뭐라고, 목숨까지 버리려 했습니까. 몇 번이나 보았다고 그랬습니까……."

몇 번이나 보았다고, 내 마음은 또 왜 이렇게 아픈 것이냐.

*　　*　　*

"지유본교. 천유본교. 천세만세. 마유혈교. 외마당 소(小) 이십육 대 소대주"

사휘가 들어오자마자 넙죽 엎드린 작은 몸체로 부들부들 떨었다.

"하교 사휘가 전지전능하신 교주님을 뵈옵니다."

바르르.

남궁화와 같은 이유에서가 아니라, 큰 벌을 받을까 봐 그러는 것 같았다.

물론 화우 이복언과 이 녀석 때문에 오기는 했지만, 지금 당장 내 앞에는 자결을 시도했던 독고야가 쓰러져 있었다.

남궁화와 사휘를 쳐다보았다. 남궁화가 사휘에게 아직 상황을 설명하지 않은 게 분명했다.

남궁화에게 사휘를 턱짓해 가리켰다. 그제야 내 뜻을 알아차린 남궁화가 사휘를 데리고, 다시 밖으로 나갔다가 돌아왔다.

다행히도 돌아온 둘의 낯빛이 나갔을 때보다 조금은 나아져 있었다.

"하교가 말씀을 올려도 되겠사옵니까."

어리지만, 완전히 어린 것도 아니다. 십사오 세 정도. 지금은 키가 작은 것도 본래 좋은 골격을 타고나서 금방 자랄 것이다.

"하라."

내가 녀석의 바로 앞에서 그렇게 말하자, 녀석이 겁을 먹은 동시에도 무한한 영광에 감격하는 모습을 보였다.

"입교한 자로서 입에 담아서는 아니 되는 말이오나, 당장

일금선 독고야가 죽기로 마음먹은 바를 돌리기 위해서는, 하교가 독고야의 제자가 되는 것만 한 것이 없사옵니다."

"계속하라."

"일전에 일금선 독고야가 하교에게 제자가 되기를 강권한 적이 있었사옵니다. 해서 교주님께서 허(許)하시면, 하교가 독고야의 제자가 되어 독고야의 마음을 기필코 돌려놓겠사옵니다."

"그리하거라……."

버릇처럼 손바닥으로 얼굴을 쓸어내리며 말했다.

*　　　*　　　*

눈발이 세게 몰아치는 하늘을 올려다보고 있었다.

삼라만상을 전부 덮을 듯이 몰아치는 눈발을 한참 동안 바라보았다. 밉살스러운 눈발이 한마음이 되어 나를 보는 것 같았다.

왜 그랬을까.

생각을 곱씹었다.

독고야의 가슴에 이마를 쿵쿵 찧던 그때나, 남궁화 앞에서 참담함을 토로하던 그때의 내 모습들이 전지적인 시점으로 자연히 떠올랐다.

얼굴이 뜨거워지고 미간이 깊게 접힌다.

"왜……."

내 내면(內面)에서부터 일어난 일이기에 사실 물을 것도 없었다. 이 불쾌함의 근원을 알고 있었다. 스스로에게 하려는 거짓말들을 잘라내면 되는 일이었다.

일찍이 본교의 교도들을 위해서 모든 죄업을 뒤집어쓰겠다 각오하였고, 실제로도 헤아릴 수 없을 정도로 황군과 정파인들을 베어 왔다.

그런 칼이 고작 정파인 두 명에게 멈춰 섰다.

흔들리지 않을 것이란 생각한 각오를 흔들어 놓았다. 충격적인 일이었다. 스스로 생각해 봐도 행위에 모순이 있었기에 그랬다.

그들과 장강에서 헤어진 후, 다시 조우하기 전까지만 해도 그들을 단 한 번도 떠올려 본 적이 없었다. 내게 그들은 우연히 만났었던 낯선 이에 불과했었다.

그들이 내게 정을 품지 않았더라면, 그들이 전장에서 발을 잃든 목숨을 잃든 신경 쓰지 않았을 것이다. 오히려 그들이 본교에 대적하다가 크게 다쳤다는 사실을 알게 되었을 때, 그 자리에서 전사하지 않을 것을 괘씸하다 여겼을 것이다.

그러나 장강쌍협이 본래부터 쉽게 정을 주는 인사들이

었던 것인지, 장강에서의 사건을 생사(生死)를 함께 했다 고 느꼈던 것인지 모르겠지만, 그들이 내게 정을 줬다 해서 나까지 그랬으면 안 됐다.

머리 위로 눈이 수북이 쌓일 무렵까지, 내가 마친 생각은 결국 그것이었다.

나.까.지.그.랬.으.면.안.됐.다.

*　　*　　*

그동안 감내(堪耐)해 온 고통을 벌써 잊었느냐.

설아의 복부를 뚫고 나온 검 끝, 불타는 본산, 떨어져 나온 흑웅혈마의 얼굴, 짓눌려 터진 피부 틈에서 새어 나오던 지방질. 그 전부를 잊었단 말았단 말이냐.

마땅히 가야 할 길을 알고 있으면서도 한낮 피동적(被動的)으로 이끌린 알량한 정 하나 때문에, 왜 이리도 마음을 붙잡질 못하는 것이냐.

정을 줬다 해서 정을 준다. 그런 피동적인 감상에 흔들린다면 어떻게 숙원들을 정리하고, 큰 나라를 통치할 수 있단 말이냐.

큰 나라를 다스리며, 안팎으로 더 큰 적들과 싸울 때면 사정(私情)을 두지 않아야 할 일들이 가득할 것인데, 그때마다 이렇게 흔들릴 것이냐.

아서라.

마땅한 길을 알고 있으면 그리로 가거라. 원치 않는 길이라 하더라도 제 몸에 채찍질을 하여, 마땅한 길을 보도록 노력이라도 하거라.

하물며 정을 두고 고하(高下)를 어찌 나누겠냐만은, 꼬리를 흔드는 짐승에게 주는 정과 정인(情人)에게 느끼는 정을 구분하지 못해서야 되겠느냐.

차가운 검자루를 움켜쥐며 장강쌍협이 있는 방으로 들어갔다.

남궁화는 내가 독고야의 점혈을 풀어 줄 것을 대비하여, 주위에 있던 날붙이들을 치워두었다. 그러고는 독고야 앞에서 그를 묶어둬야 하는 것이 아닌지 고민하고 있었다.

"내버려 두어라."

갑작스러운 내 등장에 남궁화는 화들짝 놀랐다. 약간의 시간이 흐르자 내가 했던 말을 떠올렸는지, 당혹스러운 얼굴을 확 들었다.

"그, 그럼 또 죽으려 할!"

그러나 내 표정을 보고는 바로 입술을 다물고 고개를

숙였다.

"세 시진 후면 자연히 깨어날 터. 그때도 죽고자 한다면……."

무엇이 마땅한 길인지 헷갈리지 마라.

그렇게 속으로 외치며 바로 말을 이었다.

"죽어야지."

심상치 않은 분위기를 느꼈던 것일까, 남궁화가 숨소리마저 죽였다.

"사휘는 어디로 보냈느냐."

"데…… 데려오겠습니다."

절망적인 표정으로 독고야를 빠르게 훔쳐본 남궁화가 자리에서 일어났다.

남궁화가 나가고, 나는 독고야를 빤히 쳐다보았다. 다시 보면서 느끼는 것인데 역시나 나는 그가 죽는 걸 원치 않는다.

하지만 이제 그의 생사(生死)는 내 손을 떠났다.

그의 말 따라, 그의 죽음이 안타깝다면 내 손에 죽어 나간 것들 모두의 죽음에 가책을 느껴야 할 것이다.

말도 안 되는 소리.

그런 것은 눈곱만큼도 없을 뿐만 아니라 아직도 베야 할 것들이 아래에 산더미처럼 남아 있다.

본교에 대적하는 것들이 분조(分朝)의 이름으로 있음이다.

독고야를 빤히 바라보다가 방에서 나왔다.

잠시 후.

복도 저편에서 사휘를 대동한 남궁화가 나타났다. 내 턱짓의 뜻을 눈치챈 남궁화가 나를 다른 방으로 안내했다.

사휘는 처음 봤을 때와는 다른 의복으로 갈아입은 상태였다. 알고 보니 독고야가 사휘에게 선물해 줬던 옷이었다. 사휘 나름대로 독고야의 제자가 될 준비를 하고 있었던 것인데, 거기에 대고 말했다.

"본 교주의 명을 거둘 터이니, 정파인의 제자가 될 것 없다."

잔뜩 긴장해 있으면서도 사휘조차 어쩔 수 없는 기쁜 감정이 안면 위를 스치고 지나갔다. 전에는 교주의 명령이라 내색할 수 없어서 그렇지, 독고야의 제자가 되기 정말 싫었던 모양이다.

본 교주의 생각이 참으로 짧았다, 어린 소교에게 교주의 미덕을 보이지 못했다, 따위의 말은 생각만으로 두었다.

"직전의 명은 잊어라."

"……위대하신 교주님께서는 무조건 옳으시옵니다. 하오면 직전의 명은 잊, 잊겠사옵니다."

본래는 안휘성에 들어온 김에, 사휘의 무골과 자질을 다시 한 번 확인하기 위해 들렀다. 처음의 목적을 떠올리며 사휘를 바라보았다.

"이복언을 데려오라 했던 것은, 왜 소식이 없는 것이냐?"

올 것이 오고야 말았다.

사휘와 남궁화의 부쩍 죽은 낯빛이 그리 말했다.

사휘가 잔뜩 긴장해 있었던 이유는 하늘같은 교주 앞이라 필연적인 것이기도 하였지만, 아직까지 직전의 임무를 수행하지 못한 것도 일조하고 있었다.

"시일을 더 주시면 분명히……."

대답은 남궁화가 했다.

"화우 선생이 교주님의 교도에게 네 가지 과제를 주었습니다. 그중 두 가지는 풀었고, 두 가지는 아직 해답을 궁리 중이라 하오니 시일을 더 주시면 분명히 과제 전부를 풀 것이옵니다."

"과제 전부를 풀면 본교로 따라온다 하더냐?"

내가 묻자.

"예."

"아니옵니다."

남궁화와 사휘가 동시에 상반된 대답을 내놓았다. 남궁화가 당장 쓰러질 듯 기력 없는 얼굴로 사휘를 쓱 쳐다보았다.

사휘가 떨면서 대답했다.

"과제를 전부 풀면, 하교의 이야기를 들어보겠다 하였사옵니다."

"아직까지 얼굴조차 못 보았다는 말이로구나. 감히……."

가만히 몸을 일으켰다.

그런 내 모습이 기괴한 신형을 드리우는 역신(疫神)의 형상같이 보였는지, 남궁화가 나를 귀신 보듯 하며 문 앞을 가로막았다.

"기, 기다려 주시옵소서. 화우 선생이 이야기를 들어보겠다는 것은 호조(好調)이옵니다."

사휘에게로 시선을 돌렸다.

"네가 대답해 보거라. 서생 하나가 본교를 이리도 괄시하고, 남궁가에서는 그 서생을 비호하고 있는데, 어찌해야 할 것 같으냐?"

사휘에게 물었다.

"교봉(敎棒)으로 다스려야하옵니다."

사휘가 대답하며 바지 하단에 감춰두었던 비수 하나를 꺼냈다. 그러고는 내 명령을 기다렸다.

죽이라 하면 죽이고, 죽으라 하면 죽겠다는 것처럼 말이다.

본 적은 없지만 혈마군으로 전장을 돌아다닐 때 저런 표정을 지었겠다 싶었다.

사휘가 바닥에 엎드렸다.

"하오나……."

"말하거라."

"남궁가는 교봉으로 다스릴 수 있사오나 하교가 그간 보았을 때, 남궁가가 이복언에게 빚을 진 것이지 이복언이 남궁가에게 빚이 있는 것이 아닌 것 같았사옵니다. 이복언은 남궁가의 명운에 신경 쓰지 않을 것이오니, 남궁가의 멸문이 이복언에게 어떤 가르침도 주지 못할 것 같사옵니다."

"해서 하고 싶은 말이 무엇이냐?"

"하교에게 며칠을 주시옵소서. 이복언이 본교에 가지 않겠다 한다면 이복언의 목을 가져가고, 본교에 가겠다 하면 산 채로 대령하겠사옵니다."

어린 소교는 떨면서도 잘도 말했다.

담대하다기보다는 뭔가 믿는 구석이 있어서 나오는 자

신감으로 보였다.

남궁화는 쥐 죽은 듯이 있었지만, 그게 가장 현명한 처사라는 것을 그녀도 알고 있는 듯싶었다.

"가주는 알고 있느냐?"

이번에는 남궁화에게 물었다.

"교주님께서 지금 오신 것을 제외한다면, 전부 알고 있습니다."

"그런데도 이 모양이란 말이지? 멸문지화가 억울하진 않겠군."

"……가주님께서는 화우 선생이 교주님께 귀의하기를 누구보다도 바라고 계십니다. 아니 그렇겠사옵니까. 하온데 화운 선생에게 비처를 제공하는 것과, 가주의 본심이 어찌한 것은 별개의 문제이옵니다. 부디 헤아려 주시옵소서."

나는 남궁화의 쓸데없는 소리를 한 귀로 듣고 한 귀로 흘려보냈다.

"본교의 혈마군이 어디에 있는지 아느냐?"

남궁화가 대답하려다가, 내 시선이 사휘에게 향하고 있다는 것을 눈치채고 입을 다물었다.

"합비이옵니다."

"예까지는 내려오는 데 채 열흘도 걸리지 않을 것이다.

열흘을 주마. 단, 네가 본 교주에게 직접 청하였으니, 산 이복언이든 죽은 이복언이든, 어떤 것이든 본 교주 앞에 대령해 놓아야 할 것이다."

그제야 사휘는 제 목숨이 거기에 달려 있음을 실감하고 침을 꿀꺽 삼켜 넘겼다.

"한 번 더 기회를 주지. 열흘이다. 명심하거라."

인과율이 어떻게 향하고 있는지 모르겠다면, 인과율이 어린 소교의 편이라면 교주의 무공을 전수받을 수 있을지도 모르겠다.

몸을 돌려 나왔다.

등 뒤로 남궁화가 주저앉는 소리와 함께 사휘가 제 뺨을 있는 힘껏 때리는 짝! 하는 소리가 동시가 들리며 바깥의 눈발이 시야에 들어왔다.

휘이이잉.

그날의 눈발은 본인처럼 자신에게 더 혹독해져야 할 필요가 있다고 질타하는 듯, 점점 더 세차져 종국에 태풍처럼 변했다.

*　　*　　*

본교에 대적할 만한 것들은 사협과 석가장 그리고 황성

에서 거의 죽었다고 생각했었던 것은 너무나 이른 판단이었다.

습격을 받을 때마다, 농성 중인 적들과 마주칠 때마다 어디에서 이런 것들이 숨어 있었을까 싶을 정도로 새로운 세력과 고수들이 튀어나왔다. 그리고 그것들은 어김없이 지난 전황(戰況)들을 공부했었는지, 조금이나마 나아진 조직력을 보이곤 했다.

그렇다고 독고야가 했던 말이 틀린 것은 아니었다. 나름 의기(意氣)있다고 자부했던 것들은 사협, 석가장, 황성으로 통하는 삼대 전투에 죽거나 숨었다.

그 후부터 나타나는 것들은 삼대 전투에 참전하지 않았던, 그 땅의 지배권을 포기하지 못하는 군벌(軍閥)이나 무림 방파들이었다. 흥미로운 사실 하나는 한때나마 본교와 동도라고 여겨졌던 사파들도 개중에 있었다는 것이다.

안휘성 서부 지역인 서성, 곽산, 악서, 태호를 돌아 안경까지 들어오는 8일간.

쉬지 않고 잔적(殘敵)들을 소탕하고 다녔다.

장강쌍협에게서 얻은 교훈이 있었다.

때문에 이 땅의 피가 마르기 전에 저 땅에 가서 피를 뿌렸다.

그렇게 직전에도 전투 하나를 치렀다.

혈마군들이 군품(軍品)으로 쓸 만한 것들을 수습하기 위해 무질서하게 널브러진 사체들 사이사이를 하이에나처럼 돌아다니고 있었고, 호교장(護教將)급의 교도는 내 앞에 무릎을 꿇고 전투 보고를 하고 있었다.

나는 전신에 묻은 피를 닦는 데에 열중하며, 그 보고를 한 귀로 듣고 한 귀로 흘려보냈다.

혈마군의 피해가 전무하다는 것만 확인하면 됐기 때문이다.

내가 벤 것이 소호방(巢湖房)이든, 함산(含山)에서 보내진 정무조이든, 군벌 삼주왕의 일만 사병이든, 그 전부의 연합군이든.

그 이름이 조금도 중요하지 않았다. 어차피 이후로는 들을 기회가 없는 이름들이었다.

이제 본교의 교도들은 '혈마의 강림'을 믿어 의심치 않았다. 그래서 언제부터인가, 나와 대면할 때면 이런 식으로 시작했다.

"위대하신 혈마시여."

장강의 안경으로 먼저 보내졌었던 교도 중의 한 명이었다.

"안경의 김의량이라는 자가 윤선 스물네 척을 포구에 준비했었사온데, 하교가 은밀히 알아보니 선저(船底)에 큰

구멍을 뚫어 놓은 것을 숨겨 두고 있었사옵니다."

하지만 수많은 암계(暗計)들을 직면해 왔었던 나로서는 그렇게 특별난 일로 여겨지지 않았다.

그래도 보통 암습의 대상이 내게 국한되어 있었다는 사실을 생각해 보면, 김의량이라는 자는 나름대로 대담하다 할 수 있었다. 혈마군 전체를 수몰시킬 생각을 하다니.

"해서 김의량과 그의 식솔들을 처형하고, 윤선의 수리를 인근의 도선공들에게 맡겼사옵니다."

내가 담담히 고개를 끄덕이자, 보고를 했던 교도가 뒷걸음질로 물러났다.

이튿날 본군은 고친 배를 타고 장강을 넘어 안휘성 남부, 구화산(九華山) 언저리까지 진입했다. 그리고 그곳에는 구화검인이라 하는 아홉 명의 기인이 은거하고 있었는데, 하나같이 부끄러움을 모르는 것들이었다.

시국을 외면한 채 구화산에만 숨어 있었던 것들이 감히 정의를 입에 담았다.

사위에게 말미를 주었던 열흘이 지나던 날.

흑룡포를 걸치고 남궁세가의 가속촌으로 향했다.

자경단의 모습을 갖춘 무인들이 마을 어귀에 있었다. 혈마군을 대적하기 위해서라기보다는, 도적으로 돌변하는 유랑민들 때문에 어귀를 지키고 있는 것 같았다.

본교가 산 것들을 가만히 두고 보지 못한다는 헛소문을 믿고 천하를 떠도는 것들까지는 나도 어찌할 수 있는 문제가 아니었다.

어귀에서 내 모습이 보일쯤, 그쪽은 난리가 났다.

바로 반나절도 안 되는 거리까지 혈마군이 내려와 있다는 사실을 알고 마음의 준비를 해두었을 텐데도, 전부가 요란법석을 떨며 사방으로 흩어졌다

개미 한 마리 없이 숨죽은 거리를 걸었다.

열흘 전에 장원 정문 앞에 운집해 있던 것들은 진즉에 도망쳐 없고, 대신 남궁세가의 모든 식솔들이 전부 나와 있었다.

남궁세가주도 이때 처음 봤다. 근사한 수염을 기르고 얼굴에 웅혼한 기운이 흐르는 것이 무림영웅의 풍모가 달리 있지 않았다.

그런 풍모를 지닌 이조차도, 대세를 거역할 수 없던 것이다.

"교주님을 뵈옵니다."

장자, 차남, 부인, 둘째 부인 등 가문 내 입지대로 남궁세가주를 중심으로 서 있었는데.

본교로 통하는 창구라고 여겨졌던 것일까, 남궁화는 많

은 오라비들을 제치고 남궁세가주의 바로 옆에 있었다.

남궁세가주가 허리를 숙이는 것으로 삼백여 명이 넘는 사람들도 일제히 읍례하였다. 그들 전부는 내가 되었다고 할 때까지 허리를 들지 않을 것처럼 계속 그 상태로 있었다.

하북팽가는 이걸 못해서 멸문당했고, 제갈세가는 이걸 할 줄 알아서 명맥을 유지할 수 있었다.

그들에게는 영원으로 느껴졌을 시간이 계속 흐르기만 했다.

그러다 하나둘, 무공을 익히지 않은 것부터 시작해서 몸을 떨기 시작했다.

이윽고 내가 기운을 일으키는 순간에 전부가 바닥에 무릎을 꿇는 모양새가 되었다.

"크으……."

그때 남궁세가주의 입가로 피가 흘러나왔다.

그 낌새를 눈치 챈 아들들이 남궁세가주를 돌아보자, 남궁세가주는 괜찮다는 듯이 고개를 저어 보였다. 하지만 생사의 문턱에 있는 사람이 죽은 낯빛을 감출 수는 없는 일.

남궁화가 모두를 대신해서 읍소했다.

"교주님의 교도는 기필코, 화우 선생을 데리고 올 것이옵니다."

나는 남궁화의 시선을 따라 멀리 보이는 큰 산을 바라보았다.

"사휘와 그것이 저기에 있느냐?"

"그러하옵니다."

탓!

몸을 솟구쳤다.

내가 멀어지자마자, 남궁가의 자제들이 제 아비에게 달라붙는 게 보였다.

고목 끄트머리를 밟고 또 뛰었다. 그러면서 사람의 기운이 모인 곳으로 향했는데, 산에는 숨은 유랑민들밖에 없었다.

누구도 도망치지 않고 내 처분을 기다리고 있던 남궁세가가 시간을 벌기 위해 거짓을 고했을 리는 없다고 생각들면서도, 결국 남궁세가의 멸문(滅門) 쪽으로 천천히 마음이 기울던 무렵이었다.

갑자기 작은 기운 하나가 불쑥 튀어나오더니, 무공을 익히지 않아 원기만 느껴지는 또 한 명의 뒤를 따라붙는 게 느껴졌다.

그 조그마한 점 두 개는 사휘와 여인의 정수리였다.

나는 절벽을 스쳐 내려가듯 낙하하여 사휘 앞으로 사뿐

히 내려섰다.

허겁지겁 절을 하는 사휘의 한 손에는 피를 뚝뚝 흘리는 장년인의 수급 하나가 들려 있었고, 남장을 한 젊은 여인은 놀란 기색 하나 없이 나를 뚫어지라 쳐다보고 있었다.

"지……유본교. 천유……본교. 천……세만세. 마유혈교. 외마당 소 이십육 대 소……대주, 하교 사휘가…… 전지전능하신 교주님…… 을 뵈옵니다."

사휘와 남장 여인의 뒤쪽에 자리한 절벽으로 시선을 돌렸다. 찬찬히 훑어본 끝에 방위의 상(象)을 결정하는 나무 몇 그루를 찾을 수 있었다. 저것이 내 눈을 막고 있었구나.

휘익.

붉은 검기가 나무를 양단한 순간, 절벽의 형상으로 감춰져 있던 본래 산길이 드러났다. 그리고 그 길을 따라 위쪽으로 쭉 이어진 핏자국들이 보였다. 흘린 피가 상당하다.

다시 사휘를 바라보았다.

엉망.

몇 개의 전장을 쉼 없이 뒹군 듯한 몰골로, 정신을 잃지 않고 있는 것이 용할 정도였다. 온갖 자상과 열상들은 그렇다 쳐도 그나마 크지 않은 단전마저 텅 비어 있을 뿐만 아니라 기맥(奇脈)또한 크게 도드라지는 움직임을 보이고 있었다.

"일다경을 견디지 못할 것입니다."

남장 여인이 말했다.

콧수염과 턱수염을 붙이고, 머리도 야인처럼 단발로 잘랐으나 타고난 미색이 가려지지 않았다.

그래도 오랜 기간 남자로 살아왔던 것이 틀림없게도, 남자처럼 말하는 어투가 어색하게 들리지 않고 얌전치 못하게 선 자세도 영락없이 젊은 남자의 그것이었다.

"감히…… 어느 안전……이라고. 당장…… 부복. 부복……."

사휘가 싸움의 흥분이 가시지 않은 눈으로 남장 여인을 노려보았다.

그러나 채 말을 끝마치지 못하고, 오른손으로 제 가슴을 움켜쥐었다.

아슬아슬하게 안구를 비켜나간 열상보다도 오른쪽 가슴을 관통했던 것으로 보이는 자상이, 자상보다도 없던 기운마저 역류하는 현상이 문제였다.

나는 남장 여인을 일단 무시하고, 사휘 앞에 쭈그리고 앉았다.

그러고는 일어나려는 어린 소교의 어깨를 지그시 눌러 가만히 눕혔다. 하얀 빛무리가 어김없이 찬란하게 빛났다. 남장 여인은 하얀 빛무리에 놀라고, 빠른 속도로 피부가 덧입혀지는 광경에 또 한 번 놀랐다.

그다음에는 가부좌를 틀고 앉게 하여, 내부를 안정시키되 내 공력까지도 나누어 주었다.

치료가 끝났다.

사휘는 세상 모든 영광을 차지한 듯한 얼굴을 비쳤고, 이 세상의 것이 아닌 걸 본 남장 여인은 눈에 색다른 빛을 띠며 사휘의 전신을 훑어보았다.

본교의 홍복과 혈마의 공능에 대해 찬양하려는 사휘를 그만두게 한 후, 녀석의 손에 붙들려 있는 장년인의 수급을 응시했다.

나는 사휘가 수급에 대해 설명하려는 것을 가로채며 말했다.

"가짜의 수급은 쓸모없다. 저것이 진짜냐?"

내 시선이 다시 향한 그제야, 남장 여인이 목례를 했다.

"그, 그렇사옵니다."

사휘가 놀라움에 젖은 목소리로 대답했다.

"진짜 이름이 무엇이냐?"

"복언(復言). 제 이름이 복언입니다."

남장 여인이 어쩔 수 없는 여인의 붉은 입술을 열었다.

"화우 이복언이 여인이라. 세상 사람들을 잘도 속여 왔구나."

남장 여인은 별 반응 없이 사휘 쪽으로 고개를 돌렸다.

"자질이 있으니 재지(才智)야 세월이 지나면 자연히 늘어 뛰어난 책사가 될 것이고, 교주님의 입신(入神) 무공을 전수받을 테니 절정 고수가 되겠지요. 거기다 결코 반심을 품을 리가 없으니, 이 아이를 뜻대로 잘 키우신다면 대국의 반석이 될 것입니다."

남장 여인은 내가 사휘를 눈여겨보고 있다는 것을 눈치채고 있었다.

그것이야 전후 사정을 잘 생각해 보면 충분히 이를 수 있는 생각이라지만, 이따금씩 이채를 발하는 남장 여인의 눈빛이 예사롭지 않기는 했다.

고요하지만 금방이라도 칼날이 튀어나올 것 같은 무림 고수의 눈이다. 하지만 무공을 익힌 흔적은 없으니, 지닌 슬기와 타고난 성정이 겉으로 드러나는 것이다.

스윽.

사휘에게 남장 여인을 턱짓으로 가리켰다. 남장 여인의 말에 얼떨떨해 있던 사휘가 몸을 일으켰다. 그 어느 때보다 활력이 도는 작은 몸이 가뿐히 움직였다.

사휘는 여인의 뒤로 돌아가, 제 키보다 높은 여인의 얇은 목을 응시했다. 내 명령과 함께 여인의 목 또한 동시에 떨어지리라.

“본좌의 포고문을 본 적이 있느냐?”

“있습니다.”

남장 여인이 차분히 대답했다.

“광오한 것들은, 높은 코끝이 제 목숨을 앗아가는지도 모르지. 세상 사람들은 본좌를 광오하다 하였으나, 결국 누가 죽고 누가 살았느냐.”

이제 어느 누가 내게 광오하다 할 수 있는가.

“본좌는 세상 사람들이 본좌의 공능을 보지 못했던 그날, 본좌에게 했던 말을 네게 똑같이 들려줄 것이다. 너는 광오하다. 복언. 감히 본좌의 부름을 거부하고 이렇게 찾게 만들었다. 네 높은 코끝이 네 목숨을 앗아갈지는 이제 두고 보면 알겠지.”

마지막으로 말했다.

“네가 광오하지 않았다는 것을 증명해 보거라. 증명하면 원하든 원하지 않든 부귀영화를 누리며 큰 나랏일 할 것이나, 증명하지 못하면 응당한 대가를 치르게 될 것이다.”

* * *

"이런 식이 아니었습니다."

복언이 뜻 모를 말을 뱉었다.

"교주님과 저는 이런 식으로 만나게 되는 것이 아니었습니다."

그제야 나는 복언이 무슨 말을 하려는지 알 것 같았다. 지금 그녀는 영락없이 방사(方士)들처럼 말하고 있었다.

"재지를 증명해 보이라 했더니, 천기(天氣)를 읽을 수 있다는 것을 자랑하려는 것이냐? 헌데 그 신통력마저도 영 아니구나. 본좌가 지금 여기에 있으니."

그 순간 복언은 재생 마법을 봤을 때만큼이나 놀란 얼굴을 잠깐 비췄다. 그녀의 눈빛이 예리하게 날이 서서 내 동공을 꿰뚫고 있다고 느꼈다.

"천기를 읽는 자들이 실제로 있기는 한가보군요."

복언이 계속 말했다.

"궁금했습니다. 그래서 천기 읽는다고 자부하는 자들을 만나보고 확인도 해 보았습니다. 하지만 신통력이라고 하였던 그것은 뛰어난 안목과 식견 그리고 마침 맞아 떨어진 운수에 불과하였습니다. 그래서 저는 앞날을 미리 추측하여 천기를 읽는 것처럼 보이는 자들은 있어도, 실제 신통력으로 천기를 읽는 자는 없다고 보고 있었습니다.

그런데 그런 자들이 정말 있었군요……."

복언은 좋은 사실을 알았다는 듯이 말했다. 그러고는 내게 포문을 열었다.

"혹 교주님이 그러십니까?"

혼자 묻고.

"아니군요."

혼자 답을 내린다.

"하면 사성(四省)을 점령한 후, 교주님께서 진군을 멈추셨던 이유가 그자 혹은 그자들 때문이었을 것입니다. 천기를 읽어 앞날을 내다볼 수 있다면 그자도 이상함을 느꼈을 테고, 마침 경천동지(驚天動地)한 고수가 분명하니 교주님과 대면하기를 꺼려하지 않았을 것이며, 그래서 교주님께서도 진군을 멈추시고 그를 대적했던 것입니다."

얼굴을 찌푸렸다.

흘려들으면 과거를 읽는 듯하지만, 상기해 보면 알 수 있다.

복언은 추론을 하고 있는 게 분명했다.

그리고 '천기를 읽는 자'의 실존을 내 언행에서 확신을 가지게 된 것 같았다.

결국 해 보자는 것인가?

"진군을 멈춘 이유는 내실을 다지기 위함이었다."

내가 말하자, 복언은 부드럽게 말을 받아쳤다.

"예. 원래는 그러셨을 것입니다. 헌데 그러지 않으셨습니다."

정말 아무렇지 않은 담담한 어투였다. 그런데 그 말을 정면으로 받은 나는 달랐다.

원래는…… 이라니?

설마.

알고 있는 것인가? 아니다. 그럴 수 없다. 아닐 것이다.

그때 내 표정과 행동을 읽고 있는 복언의 눈빛이 또렷하게 보였다. 이미 무엇을 찾은 것이 분명하게도, 복언의 입꼬리가 기분 좋은 방향으로 미세하게 움직였다.

사람은 감정을 무의식적으로 표정과 행동으로 표출한다.

그간의 일들로 표정과 행동을 다스리는 훈련이 되어 왔다고 생각했으나, 복언은 아주 조그마한 틈도 놓치지 않는 심안(心眼)을 지니고 있는 여자였다. 확실히 이 여자는 일전에 만났던 자보다 훨씬 뛰어났다.

그렇다고 불쾌하다고만 여길 것이 아닌 것은, 나도 복언의 표정과 행동이 보였다. 진식 뒤에서 칩거한 오랫동안 많은 궁리(窮理)를 했던 흔적 또한 보였다.

그녀가 나를 통해, 그녀가 해 온 추론들에 성적을 매기고 있다는 것을 느낄 수 있었다.

"교주님께서……."

내 반응을 살피며 계속 말하려는 것이 빤히 보였다. 복언의 말을 자랐다.

"본좌의 반응으로 미루어 알 수 있는 것들을, 혜안(慧眼)을 가진 듯 구는 것이 사이비 방사들과 다를 바 없구나. 심히 괘씸하나 기회를 주지."

두두득.

역용술로 안면 근육을 경직시키고, 선 자세도 팔짱을 낀 채로 부동을 유지했다.

내가 계속하라는 뜻으로 턱짓을 하자, 그제야 복언이 하려던 말을 다시 이어 나가기 시작했다.

"교주님께서 '그자'를 곁에 두신 때는, 아마도 죽산 대의원으로 전갈을 보낸 후였을 것이라 생각했습니다."

복언이 바로 설명을 이어 붙였다.

"진식 뒤에 칩거하고 있으면서도 눈은 천하에 두고 살았습니다. 교주님께서 죽산 대의원으로 전갈을 보내신 사실을 안 것은, 죽산을 통해서였지 혈마교에 내통하는 자가 있기 때문이 아닙니다. 아니 걱정하셔도 됩니다."

"'그자'는 누굴 말하는 것이냐. 천기를 읽는 자들은 아닐 테고."

목소리도 속내를 읽을 수 없게끔 기운을 담아 나지막하게 깔았다. 어투를 통해 읽을 수 있을지언정, 음성 자체에는 감정이 묻어 나오지 않는다.

"책사를 말했던 것입니다. 그리고 필시 저와 같은 자라고 생각하였지요."

틀렸군.

책사라는 자를 옆에 둔 적이 없다.

하지만 되물을 수밖에 없었다.

시간을 무로 되돌려 다시 시작하게 된 시점을, 복언이 언급했기 때문이었다.

"왜 죽산 대의원으로 전갈을 보낸 후라 생각하였느냐?"

"그때부터 대전이 시작되었습니다. 하지만 대전이 일어난다면 그때가 아니라 몇 년 후에 그리되었을 테고, 발단도 정도 무림에 있었을 것입니다."

"왜냐."

"그때까지만 하여도 교주님께서는 먼저 주도해서 전란을 일으키실 분이 아니셨습니다. 그때의 교주님과 지금의 교주님은 완전히 다르신 분이십니다."

"근거는 무엇이냐."

"대전 이후 보여주신 행보로 당시를 추정한다면, 교주님께서는 교좌에 오른 즉시 혈마군을 일으키셨을 것입니다. 헌데 그러하지 않으셨으니, '그자'를 곁에 두신 후로 교주님의 심경에 큰 변화가 있고 '그자'의 간언에 따르셨다고 생각했습니다."

"그런 이유만으로 대전의 발단이 정도 무림에 있었을 것이라는 것이냐."

"천의가 교주님의 부름을 거부하였을 때, 교주님께서는 천의에게 직접 가시려 하셨을 것입니다. 그때 교주님의 책사는 이렇게 간언하였을 거라 생각했습니다. '죽산 대의원에는 가지 마시옵소서. 무림맹주 황월은 간계(奸計)를 꾸밀 줄 아는 자이면서도 심성은 과감한 자이옵니다. 그러면서도 그간 교좌가 빈 본교를 도발하지 않았던 이유는 전대 교주님의 생사를 확신할 수 없기 때문이었습니다. 헌데 전대 교주님께서 명을 달리하시고 그 후인을 보내셨으니, 무림맹주 황월이 교주님을 시험할 것입니다. 그리고 제 아래라 판단한다면 필시 본교에 큰 도발을 할 것이고, 그 도발은 중원에 출타 중이신 교주님께 집중될 것이니, 암습이 자연히 따를 것입니다.'"

흠!

안면 근육을 경직시키지 않았더라면, 눈이 부릅떠지고 왼쪽 입꼬리 위 근육이 나도 모르게 실룩였을 것이다.

"정사대전은 그렇게 무림맹주 황월에 의해서 발발하였

을 것입니다. 하지만 황월은 교주님의 경지를 낮게 보는 우를 범했고, 황월뿐만 아니라 연조나 정마교에서도 교주님과 혈마교의 힘을 과소평가하였기 때문에 크게 패했을 것입니다."

"당시 본좌의 무공이 황월보다 높다는 것은 어디에 근거하였느냐?"

"전대 교주는 그러한 자신 없이는 후인을 혈마교로 돌려보낼 위인이 아니었습니다."

흥미로운 가정이다.

"본좌보다 전대 교주에 대해 잘 알고 있는 모양이구나."

"칩거하는 동안 정도(程度)를 헤아리며, 남궁가에게 머리를 빌려주고 있었습니다. 세가에 조언을 하려면 무림의 일에도 빠삭해야 하지만, 천하의 흐름을 궁리(窮理)하는데 있어서도 무림에 눈을 떼서는 아니 되었지요."

복언이 계속 말했다.

"교주님께서는 대의원으로 직접 천의를 찾아가셨을 것입니다. 거기서 무림맹주 황월과 마주쳤고 정사대전은 혈마교 대 연조와의 전쟁으로 확전되어, 교주님께서는 사성을 취하신 후에 황제의 화친을 받아들이셨을 것입니다. 이는 교주님께서 그 책사를 곁에 두시지 않았더라면 일어날 일이었습니다. 헌데 그렇게 되지 않았지요. 그래서 저는 그자의 존재를 확신하게 되었습니다."

복언의 미간이 살짝 찌푸려졌다.

"이미 말씀드렸듯이 그러한 자들은 안목과 식견이 비상하여, 마치 앞날을 보는 것과 같지요. 교주님을 대적하였던 자와는 다른 의미로 천기를 읽는다 할 수 있지 않겠습니까. 그 비상한 능력을 보면 신의할 수밖에 없지요. 그래서 교주님께서 책사의 조언을 전적으로 수용하셨다고 생각했습니다."

결코, 스스로를 과대평가하고 있는 것이 아니었다.

"하지만……."

복언은 계속 나를 살피고 있었다.

그러나 인위적으로 굳어져 있는 내 얼굴이나 자세에서 무엇을 확인할 길이 없기 때문인지, 그만두기로 한 것 같았다.

그녀가 마음의 짐을 내려놓은 것 같은 표정을 지으며 입술을 움직였다.

"원래는 사성을 취하신 이후에 화친을 받아들인 이유를 교주님의 성품에서 찾아야 하지만 책사의 존재를 확신할 수 있었으니, 저는 책사가 화친을 받아들이라 조언한 이유를 생각해 보았습니다. 책사는 무엇 때문에 화친을 받아들이라 하였을까, 거기서 화친을 받아들이지 않고 중원으로 진출하는 것이 마땅한 것인데."

"……."

"책사에게는 필시 그러한 조언을 한 이유가 있었겠지요. 무릇 궁리란 사실에서부터 근거하는데, 교주님의 책사는 제가 알 수 없는 사실들을 알 수 있는 위치에 있었습니다. 그래서 저는 궁리라기보다는 추량(推量)을 할 수밖에 없습니다. 지금까지 몇 가지 결(結)을 두고 판단을 내릴 수가 없었는데, 교주님을 뵙고 나서 '천기를 읽는 자'에 대해서 알게 되었습니다."

나는 턱짓하여, 계속하라는 뜻을 내비쳤다.

"휴전된 지 얼마 되지 않아, 교주님께서 천하에 포고를 하고 홀로 황성을 공격, 혈마군이 중원으로 들어왔습니다. 그런데 사협, 석가장, 도성의 전장에서 교주님께서 보여주신 의태(意態)는 판이하게 달라져 있었습니다. 흑백(黑白)과 마찬가지로 완전히 다른 마음가짐이었습니다. 전까지만 해도 저는 책사가 교주님께 큰 신망을 얻었다고 생각했었습니다. 앞날을 보는 듯한 현묘한 조언을 하는 자이니, 신봉할 만하지요. 허나 천의의 답신을 받은 후부터 혈마군을 일으킨 그사이 며칠, 화친을 맺은 후 휴전 상태의 그 며칠 사이에, 얻을 수 있는 신망은 정도가 있는 법입니다. 설사 태허(太虛) 같이 무한한 신망으로 어떤 조언을 무조건적으로 수용한다 할지라도, 그 행보에는 어쩔 수 없는 인성의 자취가 남기 마련이지요. 거기에서 저는 제 궁리가 틀렸다는 것을 인정할 수밖에 없습니다."

"무엇이냐."

"책사는 본래부터 존재하지 않았습니다."

드디어 기다리던 말이 나왔다.

"맞다. 책사라는 것은 없었다."

즐거운 기분이 들었다.

그래서 처음으로 복언의 시험지에 빨간 색연필을 대고 동그라미를 그렸다. 그러나 복언은 기뻐하지 않고, 왠지 더 복잡해진 표정을 지었다.

"교주님께서 천의에게 가지 않으셨던 것은 책사의 조언 때문이 아니라, 그러한 필요가 없어졌기 때문이었습니다. 직전에 교주님께서 보여주신 공능은 처음부터 책사가 존재하지 않았다는 가장 큰 증거이기도 합니다."

그러면서 복언은 고개를 돌려 사휘를 바라보았다. 내가 마법으로 사휘를 치료하던 것을 떠올리고 있는 것 같았다.

"저는 천제도, 석존도 믿지 않습니다. 아시겠지만 저는 궁리할 수 없는 것들을 싫어합니다. 제가 유림을 떠난 것도 여인의 몸이라 배척받는 것이라면 남정네의 뒤에 있으면 그만이라지만, 공맹의 말을 맹신해야만 하는 유자들의 학풍 때문이었습니다."

고개를 끄덕였다.

"저는 교주님께 어느 날 갑자기 사람이 달라지게 되어 버린 두 번의 분기점을 보았습니다. 그런데 아무리 궁리하여도 그 두 번의 분기점이 귀교의 혈마신으로밖에 설명되지 않는 작금의 상황이 참으로 당혹스럽습니다."

복언의 얼굴이 깊어졌다.

"첫 번째 날 혈마의 공능이 깃들어 앞날이 보였고, 두 번째 날 비로소 혈마가 깨어났다 한다면…… 됩니다."

잠깐 말이 없어진 복언은 생각 끝에, 해서는 안 되는 말을 하는 사람 같은 얼굴로 입을 열었다.

"생각해 보니 처음 물음이 잘못되었습니다. 혹 혈마께서는 천기를 읽으십니까?"

거기에서 더 이상 참을 수 없었다. 경직시킨 얼굴 근육을 풀자마자, 입술이 얇게 벌어지며 짧은 웃음소리 한마디가 새어 나왔다.

제8장

사색(四色) 아래

"큭큭. 크크큭……."

사유(思惟) 능력이 비상한 이 여자는 세 치 혀 몇 번을 움직여 자신을 증명하는 데 성공했다.

더욱이 나는 복언이 공맹학을 공부하는 유자가 아니거니와, 묵가(墨家)와 같은 현실주의적인 면모를 갖추고 있어서 더 마음에 들었다.

그녀가 진심으로 본교를 위해 일한다면, 내 기대에 어긋나지 않는 결과를 보여줄 게 분명했다. 내 눈빛을 받은 사휘는 복언의 가녀린 목에서 시선을 떼고 옆으로 물러났다.

복언에게 들어야 할 것도, 물어야 할 것도 많았다. 긴

이야기가 될 것이기에 나는 앉아 있을 곳을 찾아 시선을 돌렸다.

내가 수도를 휘두른 방향으로 거목 두 그루의 밑동이 잘려 나갔다.

우리는 거기에 마주 보고 앉았다.

"곧 천하는 본 교주 아래로 통일될 것이다."

"보는 눈과 듣는 귀가 있는 자라면, 누구든 그리 생각할 것입니다. 분조가 강서에 있기는 하나, 교주님께서는 강서를 크게 우회하시어 그들을 한데 모아 일망타진하실 게 아니십니까."

"맞다. 허나 통일을 이룬 건 본교뿐만이 아니었지. 고(古) 진과 연도 통일을 이루었었다. 허나 연조가 패망하고 천하에 다시 설, 통일 교국(教國)은 두 나라와는 크게 다를 것이다."

아둔한 것들은 아직도 떠들어댄다. 무림 세력이 나라를 세웠다고.

"본교의 경전을 본 적이 있느냐?"

"있습니다."

복언은 그렇게 대답하며, 내가 무엇을 물을지 눈치챘는지 미리 난색(難色)을 보였다.

"혈마의 가르침을 어떻게 보았느냐?"

"인간성을 악(惡)하게 보고 있기 때문에, 그래서 교리의 근본(根本)이 전반적으로 선합니다. 허나 그 교리대로 큰 나라를 다스릴 수는 없습니다."

결국 교리를 부정하게 바라보는 입장이라서, 사휘가 복언을 매섭게 노려보았다.

하지만 나는 복언의 말에 전적으로 공감하고 있었다. 그녀의 대답 이전부터, 나도 복언과 똑같이 생각하고 있었기 때문이다.

본교는 우선 오욕칠정이 타고난 것이라 인정하고 들어간다.

그래서 불가의 세계관은 본교의 교도들에게 비웃음을 사기 마련이다. 태생부터 자연스러운 욕구를 받아들여야 하는데, 불가에서는 그것을 이기지 못하면 짐승이 된다는 식이라 하니 말이다.

윤회나 고(苦)를 말하면서 결국 속세에서 벗어난 이야기를 하는 것이 불가다.

반면에 본교는 속세에서 살아가는 방법을 제시한다. 그래서 오욕칠정의 인정은 어쩔 수밖에 없는 것이다.

그러면 반문될 수밖에 없다.

오욕칠정을 인정한다면, 마음 내키는 대로 살아도 된다

는 것인가?

본교에서도 그것에 대해서는 아니, 라고 말한다. 왜냐하면 오욕칠정을 인정하는 것보다 앞서 인간의 기질을 악(惡)으로 규정해 놓았기 때문이다. 성악설(性惡說)과 비슷한 논지다.

인간이 타고난 기질이 선하다면 오욕칠정이 선하게 발현될 것이나, 기질이 악하기 때문에 오욕칠정을 올바르게 발현하지 않는다면 결국 상잔(相殘)으로 치달을 것이라는 것이다.

본교에서는 오욕칠정을 올바르게 발현하는 방법으로 '마도무행' 을 제시한다.

바로 이 부분에서 '약육강식(弱肉强食)을 스스럼없이 자행하고 그것을 자랑스럽게 여기는 원초적인 집단.' 이라는 오해가 생긴다.

하지만 교리에서 말하는 마도무행은 초대 교주의 철학적 고뇌가 깃든 산물이자, 기회 평등의 구체적인 실현 방법이다.

본인을 혈마의 화신이라 말한 초대 교주는, 존마교를 세운 업적이 운이 좋아서가 아니라는 것을 증명하듯 교도들을 위한 수많은 입문 무공을 남겼다. 단순히 무공을 좋아하여 이것저것 건드린 것이 아니라, 익힐 사람의 재능을 철

저하게 구분, 거기에 입각하여 창시한 무공들이었다.

그래서 본교에서 태어나 자랐다는 가정하에, 출발선은 결국 누구나 같아진다.

그래서 기회의 평등인 것이고, 부모가 누구인지는 여기서 조금도 중요하지 않아지는 것이다.

대국이 될 본교의 정치 시스템에 논하려고 하던 바로, 그때였다.

한 기운이 느껴졌다.

아니나 다를까, 잠시 뒤에 여기에 있어서는 안 될 한 인물이 빠르게 올라오고 있는 광경이 보였다. 그 또한 우리를 발견하여 마지막 속도에 박차를 가하고 있었다.

"교주님을 뵈옵니다."

그가 한쪽 무릎을 꿇을 때.

"외마당 소 이십육대 소대주 하교 사휘가 혈마 이 장로님을 뵈옵니다."

그가 도착하길 기다렸던 사휘도 그에게 교례를 갖췄다.

나는 내 앞에서 무릎을 꿇은 거마(巨魔)를 구겨진 얼굴로 내려다보았다. 섬서성 대전에 있어야 할 그가 교도를 보내지 않고 여기까지 직접 나를 찾아왔다는 것은, 무척이나 불길한 징조였다.

"사휘."

내가 말했다.

"옛. 하명하시옵소서."

"복언을 합비로 데리고 먼저 가 있거라."

복언은 이번에도 그녀의 예측에 없었던 일이 벌어졌던 것인지, 의문이 가득 담긴 표정으로 흑웅혈마를 바라보고 있었다. 반면에 흑웅혈마는 복언 따위는 아무것도 아니라는 것처럼 고개를 숙인 채로 눈길 한 번 주지 않고 있었다.

내가 눈빛을 보내자, 사휘가 복언의 팔을 잡아끌었다. 복언은 아쉬워하는 기색이 역력했지만 저항하지 않았다. 사휘와 함께 진식 뒤에서 나온 순간부터, 어차피 본교로 갈 마음의 결정을 내렸을 테니까.

사휘와 복언이 멀찍이 사라질 때까지도, 흑웅혈마는 그 큰 몸을 일으키지 않았다.

"좋지 않군."

내가 말했다.

그러자 아래에서 묵직한 소리가 흘러나왔다.

"놈이…… 소마를 찾아왔습니다. 옥제황월말이옵니다."

!

*　　*　　*

그토록 찾았건만, 옥제황월 스스로가 모습을 드러냈다!

신경이 바짝 곤두섰다.

흑웅혈마의 전신부터 빠르게 훑었다.

다행히도, 당장 눈앞의 흑웅혈마는 지친 기색이 역력해도 다친 구석 하나 없이 온전했다.

흑웅혈마에게 남겨두었던 혈마군이 자그마치 오만이라고는 하나, 반신과의 합일체는 인간들이 상대할 수 없는 다른 영역의 존재다.

나와 흑천마검이 할 수 있는 것을, 놈과 백운신검이 하지 못할 것이라고는 생각하지 않는다. 놈과 백운신검이 마음먹는다면 대적하는 인간의 수야, 아무렴 상관이 없을 것이다.

"본교의 교도들은 어찌 되었느냐."

"교도들은 무탈합니다."

그제야 흑웅혈마가 고개를 들었는데, 그 얼굴이 무척이나 힘들어 보였다.

불철주야(不撤晝夜). 쉬지 않고 달려왔던 흑웅혈마는 살짝 건드리기만 하여도 쓰러질 것처럼, 진력이 쇠한 상태였다. 하지만 그가 힘들어하는 이유는 그 때문이 아니었다.

어쨌거나 나는 일단, 천 길 낭떠러지에서 떨어지는 것같이 아찔했다가 한숨 돌릴 수 있었다.

나도 모르게 원한에 사무친 옥제황월이 백운신검과 합일하여 교도들을 무참히 베고 있는 광경을 떠올리고 있었다.

"그리고 옥제황월은 대전 객실에서 교주님을 기다리고 있사옵니다."

흑웅혈마가 괴로워하는 이유는 그 때문이었다. 그의 고개가 또다시 무겁게 떨어졌다. 흑웅혈마에게 무슨 일이 있었을지 불 보듯 선했다.

흑웅혈마의 성정(性情)상 그를 보고도 덤비지 않을 리가 없다. 하물며 지난 시간대에서 설아가 누구 손에 죽었는지도 전부 알고 있었던 그였다.

"지금 말이냐?"

그러나 흑웅혈마의 상태를 헤아리기에는 상황이 다급했다.

"구금을 자청하며 객실로 들어갔사오니, 지금도 객실에 있을 것이옵니다."

"자세히 고하라."

"옥제황월이 소마를 찾아온 건 칠 일 전이었사옵니다."

그러니까 흑웅혈마는 최소 칠 일 만에 섬서성에서 이곳까지 주파한 것이 된다.

전서구나 전서응은 타인의 화살에 맞아 떨어질 수가 있고, 섬서성에 남겨져 있던 교도들 중에 가장 빠른 이가 흑웅혈마였기에 그 본인이 직접 온 것 같았다.

"그날은 특임대가 돌아온 날이었사옵니다. 소마는 서역에서 돌아온 이들의 보고를 정리하여 교주님께 보낸 후, 수련을 하고 있었사옵니다. 놈은 그때 누구에게도 들키지 않고 소마 앞에 나타났사옵니다."

마음이 급했다.

당장 놈에게로 날아가고 싶은 마음이 심장을 크게 흔들고 있지만, 그 마음을 짓누르며 흑웅혈마의 말에 귀를 기울였다.

"특임대를 쫓아온 것인지, 아니면 우연히 맞아 떨어진 것인지는 모르겠사옵니다. 하온데 소마가 보고 받은 바로 놈은 서역 땅에 있었어야 했습니다."

"그대가 보냈다는 보고는 아직 도착하지 않았다. 어떤 내용이었느냐?"

"거두절미(去頭截尾)하고 말씀드리자면, 특임대가 놈을 찾아내고야 말았을 때, 놈이 나신(裸身)의 색목인 여성 백여 명과 난교 중이었다는 내용이었사옵니다."

그 말을 듣자마자 알았다.

할라 수련이다!

흑웅혈마가 계속 말했다.

화제는 다시 처음으로 돌아갔다.

"놈이 소마 앞에 나타나서는, 혈마군이 몇이든 전부 베어 버릴 수 있을 거라 호언장담하였습니다. 놈의 손에는 백운신검이 들려 있었사옵니다. 교주님께서 당부하신 바를 명심하고 있었기에, 치욕을 무릅쓰고 놈을 객실에 들인 것이었사옵니다."

흑웅혈마가 괴롭고 고통스러운 얼굴을 하고 있던 이유는 바로 그 때문이었다. 내 예상과는 달리 흑웅혈마는 놈에게 덤비지 않았던 것이다. 그래서 더 고통스러운 것이고.

"놈이 제스스로 나타났으니, 오늘 본교는 화근 하나를 잘라 낼 수 있음이다. 기뻐할 일이지 쓸데없이 자책할 것 없다."

"하온데 신중하셔야 하옵니다. 온 천하에 교주님의 무공을 모르는 이가 없사옵니다. 옥제황월도 이를 모를 리가 없을 텐데, 믿는 구석이 있지 않고서야 그리 당당하게 올 수는 없는 법입니다. 본시 교주님이 두려워 도망친 것들이 아니옵니까?"

흑웅혈마의 말이 맞다.

나와 흑천마검이 두려워서 이슬람 제국으로 도망쳤던 놈이 모습을 드러냈다. 그것도 본교의 안방으로 직접 들어왔다.

그것이 무엇을 뜻하겠는가. 나를 대적할 자신이 있거나,

적어도 그 상황을 위협으로 느끼지 않을 무언가가 있다는 뜻이 아니겠는가.

"놈에게 특이할 점이 있었느냐?"

"소마가 부족하여, 놈이 결코 인황보다 뒤떨어지지 않는 경지를 이룩하였다는 것만 느낀 게 전부였사옵니다."

"이지(理智)를 상실한 것 같지는 않냐는 말이다."

"그렇지는 않았사옵니다."

결국 부딪쳐봐야 알 일이다.

"아래에서 올라왔으니 이미 거쳤겠구나. 남궁가에 가 있거라. 쉼 없이 오느라 심신이 지쳐 보이는구나."

"교주님…… 소마가 도움이 되지 못하는 것이 참으로 원통하고 죄스럽습니다. 놈도 신물(神物)을 지니고 있사오니 부디 조심하시옵소서."

"내려가거라."

그러나 흑웅혈마는 발을 떼지 못했다. 놈들은 어떨지 몰라도, 나만큼은 흑천마검과 합일할 수 없다는 것을 알고 있기 때문일 것이다.

"그대가 마음 쓸 것 없다. 비로소 오늘, 본 교주가 놈의 숨통을 끊을 수 있음이다."

결자해지(結者解之).

*   *   *

"옥제황월과 백운신검이 합일을 한다면, 어찌 되는 것이옵니까?"

"본 교주가 합일할 수 없는 상황임을 모르고 있는 것과, 본 교주와 흑천마검을 두려워하는 마음을 이용해야겠지."

그렇게 생각했었다.

하지만 이렇게 보란 듯이 놈 스스로가 나타났으니, 내가 흑천마검과의 합일을 거부하고 있다는 것을 알아차렸을 경우도 가정해야 한다.

입장을 바꿔 생각해 보자면 충분히 추론 가능한 이야기다.

왜냐하면 나는 드래곤 하나와 싸우기 위해 2년 이상을 소비한 바 있었다.

내가 옥제황월이었다면, 그 시간을 의심했을 것이다. 흑천마검과 합일하면 찰나에 끝낼 수 있을 것을, 왜 2년을 넘게 끌었는가? 흑천마검과 단 한 번도 합일했던 적이 없었다는 결론은 당연하고, 그럼 왜 합일하지 않았는지에 대한 물음이 따라붙을 것이다.

옥제황월이 합일을 경험해 보았다면 그 이유를 추정할 수 있겠지만, 경험해 보지 않았다면 합일이란 개념조차 모를 수가 있다.

하지만 옥제황월이 합일을 경험하지 않았을 거라고는 생각은 들지 않는다. 백운신검과 옥제황월이 드래곤이란 거대한 적들에게 맞설 방법은 그뿐이기 때문이다.

그렇다면 옥제황월은 합일을 경험해 보았고, 그 경험들을 통해 내가 흑천마검과 합일을 거부하는 상황에 도달하였다는 의심을 가졌다고 생각할 수 있다.

그때 경우의 수는 크게 두 개로 나뉜다. 놈도 나와 같은 상황이거나 아니거나.

놈도 나처럼 백운신검과의 합일을 경계하고 있다면, 본인의 경지가 나와 맞서기에 부족하지 않다는 자신감이 있지 않고서야 이렇게 알아서 나타날 수가 없다.

내가 신경 써야 할 경우는 그 반대의 경우다. 놈이 아직 백운신검과의 합일을 경계하지 않고 있거나, 경계해야 함을 알고 있음에도 불구하고 아직은 다음의 합일에서 의지가 넘어가지 않을 거라고 확신하고 있을 경우, 그때에 나는 놈에게 위협이 되지 않는다.

그렇듯 나에게 놈이 백운신검과 합일했을 경우에 대한 방비책은 없다.

다만 놈에게 향하는 이유는, 놈이 자세한 사정을 모두 알고 있다고 해도 나를 궁지까지 내몰 수 없기 때문이다.

나는 흑천마검과의 합일을 거부하는 것이지 하지 못하는 것이 아니다.

무슨 일이 일어나더라도 합일을 해서는 안 된다는 필사의 각오가 있다지만, 상대가 백운신검과 합일한 옥제황월이라면?

드래곤과 싸울 때는 재생 마법으로 어떻게든 버텼다. 하지만 반신의 합일체 앞에서는 재생마법은 무용지물이 될 터.

놈이 합일하면 나도 합일을 해야 한다.

다만 그때는 교도들과 최대한 멀리 떨어져 있어야 할 것이고, 합일체의 의지를 송두리째 흑천마검에게 넘겨주어 어떠한 재앙도 각오하고 있어야 할 것이다. 세상의 파멸쯤은 얼마든지.

놈도 전부 알고 있다면, 그 경우를 염두에 두고 있을 거라고 생각한다.

하지만 전부를 알지 못하거나 알량한 것을 믿고 왔다면…….

놈은 오늘 내 손에 기필코 죽는다.

공간에서 튕겨져 나왔을 때, 섬서성 대전이 훤히 보이는 하늘 위에 있었다.

위에서 바라본 아래는 눈발과 함께 붉은 깃발이 휘날리는 것이 평상시와 다를 바 없어 보이지만, 이상하리만큼 긴장된 분위기가 감돌고 있었다.

한 객실을 중심으로 편성된 교도들의 배치 구도가 그렇다.

내가 객실 뜰 앞에 내려서자, 시야 안에 들어온 모든 교도들이 부복했다.

교언을 읊으려는 모두의 입을 손을 펼쳐 막았다. 그러고는 옥제황월이 있는 객실을 바라보았다. 후천진기는 감쪽같이 갈무리하고 있지만, 선천지기는 그럴 수 없다.

특히 할라를 익힌 자의 선천진기는 그 특유의 움직임이 있었다.

옥제황월은 객실 안에 있는 게 분명했다. 본래 외부에서 오는 손님들을 받아들이기 위해 만들어진 그곳은 오십여 개의 방이 있었는데, 단 한 개의 방을 제외한 모든 방들이 비워져 있었다.

가장 지척에 있던 교도를 손짓해 불렀다.

"대전을 비우거라."

객실 인근에 배치된 교도들은 모두 옥제황월의 존재를 알고 있었다. 내 명령을 받은 교도가 주위의 교도들을 신속하게 대동하고 떠나는 모습까지 확인한 후, 마루로 올라섰다.

우우웅.

그동안 한없이 조용하기만 했던 흑천마검이 공명을 시작했다. 흑천마검을 노려본 후에 문 앞에 멈춰 섰다. 문 하나를 가로 두고 놈과 내가 있었다.

스르르 벌어지는 문 안으로 가장 먼저 번뜩인 것은 놈의 강렬한 시선이었다.

여미지 않은 이슬람식 셔츠 안으로 적당히 그을린 가슴을 훤히 드러낸 채 머리칼을 치렁치렁 늘어트리고 있는 모습은, 사막의 거친 풍파를 맞아온 한 마리의 늑대를 연상케 했다.

우리는 짧은 순간에 몇 번이고 서로의 모습을 확인했다. 그러면서 놈은 백운신검을, 나는 흑천마검을 움켜쥐었다.

내 마음을 읽은 명왕단천공은 벌써부터 놈의 목을 베는 이미지들을 보내오고 있었다.

그러나 할라의 숙련치를 나와 동등하게 계산한 것과는 별개로, 백운신검과의 합일체를 인지하지 못한 연산 작용이었기 때문에 믿어서는 안 되는 이미지들이었다.

"마검의 주인을 기다리고 있었소이다."

바싹 마른 장작만큼이나, 건조한 목소리가 놈의 입술 사이에서 흘러나왔다.

"마검의 주인을 여기서 뵙게 될 줄은 몰랐소이다."

십 년 전, 대의원에서의 첫 만남이 뇌리를 스치고 지나간다.

흑천마검이 떨리고 있는 것은 비단 백운신검과 조우했기 때문만은 아니었다. 그렇게 많은 일을 겪었음에도 불구하고 놈의 안면을 마주해버리자, 놈을 죽여 버리고 싶은 마음이 울컥 울컥 튀어나왔다.

놈을 죽이기 위해 황금장에서 은신하고 있던 나날들을 의도적으로 떠올렸다. 효과가 있었다. 얼굴로 치솟던 열기가 순간에 가라앉으며, 시야를 더 뚜렷하게 만든다.

그러자 나를 보며 미소를 짓기 시작한 놈의 얼굴이 더욱 잘 보였다. 놈의 웃는 눈 속으로 이글거리는 독살스러운 기운도 보다 선명해졌다.

놈을 향해 말했다.

"넓은 곳이 좋겠지. 따라와라."

그런 다음 공간의 압력에 몸을 맡겼다.

다섯 번의 공간 이동.

놈은 공간에 남겨진 흔적들을 따라서, 교지(敎地) 사막 서쪽 끝자락까지 나를 순순히 쫓아왔다.

우리 둘은 시선 끝에서 끝까지 광활한 황무지만이 가득한 곳에 오롯이 섰다.

내 기습에 대비한 것인지, 놈이 마지막 순간에 기운을 끌어 올렸다. 놈의 전신을 이룬 선을 따라 자력(磁力)을 머금은 푸른 기운이 꿈틀거리고, 당장 내 시선 앞으로도 겁화의 열기(熱氣)를 붉은 기운이 일렁거린다.

성장한 건 나뿐만이 아니었다. 확실히 놈의 경지는 높아져 있었다.

보다 강렬하게 형(形)을 갖춘 기운들이 그 증거다. 놈도 나나 인황처럼 인간의 한계까지 후천진기를 배양하고 있었다.

마검과 신검의 개입이 없다 하더라도 쉬운 싸움이 되지 않으리라 직감했다.

인황과는 달리, 놈 또한 마법을 알고 있지 않은가.

그때.

얼음장 같은 바람이 우리에게 부딪쳤다. 놈의 어깨에 걸쳐져 있던 바람막이가 휙 날아간 것도 그때였고, 셔츠 왼팔 부분이 풍향대로 펄럭거렸던 것도 바로 그때였다.

당연히 치유했을 거라는 예상이 뒤집어졌다. 놈은 여전히 외팔이었다.

놈도 내 시선을 따라 제 빈 왼팔 부분을 쓱 쳐다봤다. 그러면서 말했다.

"어리석게도 정사(正邪)의 싸움이라고만 생각하였소. 나는 정파의 수장이고 교주는 사파의 수장이었으니 말이오. 그때까지만 해도 내가 한발 늦었다고 인정하고 있었소. 헌데 교주가 제국에서 벌인 일을 알게 되니 보이더이다. 교주가 내게 가지는 원한을 말이오. 맞소. 바로 그 눈빛이요. 내 왼팔을 가져가던 날에도, 그렇게 나를 쳐다보았소. 거기엔 정사가 없었소. 지극한 원한만이 있을 뿐이지."

놈의 그 말에 당장 놈과 승부를 보고 싶다던 마음이 사라지고, 한 의문이 끼어들었다.

연기하는 것 같지도 않고 그럴 이유도 없었다. 보아하니 놈은 지난 시간대의 일을 모르고 있었다.

백운신검이 지난 시간대의 일들을 알려주지 않았다?

왜?

그 순간 놈이 백운신검을 들어 올렸다. 나도 반사적으로 움직였다.

흑천마검으로 붉은 강기를 일으키며 허공을 밟으려고 할 때.

"싸우러 온 게 아니오."

놈이 뒤쪽으로 풀쩍 거리를 벌리며 고개를 가로저었다.

"마음이 앞서다 보니 일을 그르칠 뻔했구려. 나야 교주와 진득하니 대화를 나누고 싶지만, 교주가 이리도 나를 죽이고 싶어 하는데 그게 생각대로 되겠소? 해서 생각해 둔 바가 있소. 교주도 흥미가 동할 거요. 내 장담하지."

그러더니 바로 하늘을 향해 몸을 솟구치는 것이었다.

시작인가!

합일을 하는 것이냐?

탓!

나도 놈과 같은 높이를 유지하기 위해 몸을 띄웠다. 동시에 다음을 대비하여 흑천마검의 검자루를 있는 힘껏 쥐었다.

하지만 놈은 합일하지도 않았고, 내게 검을 휘두르는 것도 아니었다. 마치 허공에 보이지 않는 가상의 적들을 베듯, 하늘을 찢듯이 길게 긋는 게 전부처럼 보였다.

일순간 놈이 그은 궤적의 선이 쫙 벌어졌다.

놈이 시공을 갈랐다고 인식한 순간, 형형색색(形形色色)의 찬란한 빛무리들이 찢어진 틈 사이로 쭉쭉 뻗어 나오기 시작했다.

녹색의 빛무리, 적색의 빛무리, 청색의 빛무리. 그리고 완전한 어둠도 있었다. 그러나 내게는 그 광경이 결코 아름다워 보이지 않았다.

나는. 나는…….

저 빛들의 정체를 알고 있다.

그리고 그 기억들은 고통으로 각인되어 있었던 것 같다.

통증과 흡사한 싸늘한 감각이 온몸과 정신을 바짝 깨우던 찰나, 찢어진 시공 안으로 그것들이 보였다.

거대한 눈동자들.

그때 훼에엑!

찢어진 시공 안을 가득 채운 여덟 개의 눈동자가 일시에 움직였다.

찾았다!

각기 다른 색을 뿜어내는 눈동자들은 그런 시선으로 나와 놈을 정확히 바라보았다.

그 순간 온몸이 굳어 버렸다. 그만두라는 말 또한 차마 입 밖으로 나오지 않았다.

거대한 눈동자들은 존재 그 자체만으로도 내게 공포를 선사했다. 옥제황월에게 향했던 검 끝을 어느새 그것들을 향해 돌려놓고는 있었지만, 검 끝이 중심을 잡지 못하고 흔들리기 시작했다.

옥제황월도 경악하기로는 마찬가지였다. 귀신을 보고 놀란 사람 마냥 지면에 착지하자마자, 겁을 먹은 것이 분명한 얼굴로 하늘을 올려다보고 있었다.

그런데 찢어진 시공 안의 그것들은 우리를 쳐다본 시점에서, 더 이상 움직임이 없었다.

"무……무슨 짓이냐!"

땅을 밟으며 옥제황월을 향해 소리쳤다.

"하. 하하……."

놈은 백운신검을 쥔 손으로 제 이마에 맺힌 식은땀을 쓸어내리고 있었다.

쿵쿵! 쿠쿠쿠쿵!

심장이 피부를 뚫고 나올 것만 같다.

아마도 멈춰 버린 모양이라지만, 그것들의 눈동자가 하늘 위에서 나를 바라보고 있는 그 자체만으로 무척이나 조마조마했다.

저것들 중 하나를 상대한 적도 있었고, 실제로 죽이기도 했었다. 그런데도 나는 저것들이 전보다 더 두렵다. 그래 솔직히.

"후우우우……."

실없이 웃고만 있던 옥제황월이 비로소 긴 숨을 내쉬었다.

놈의 집게손가락이 하늘에서 오로라처럼 일렁거리는 네 가지 빛무리의 중심들을 한 번씩 가리켰다.

놈이 무엇을 말하는지 알 것 같았다.

허튼수작을 부리면 저것들을 이 세상에 풀어놓겠다는 것이 아닌가?

*　　*　　*

시공이 찢어지던 찰나에 시간이 잠깐 흘러 눈동자가 움직였던 것이었지, 지금은 분명히 멈췄다. 그렇다 하더라도 놈도 나도 만면에 드리웠던 놀란 감정을 쉽게 지워 내지 못했다.

평상심이 조금씩 돌아오면서, 흑천마검이 옥제황월의 세상을 처음 드러냈던 그때를 떠올릴 수 있었다.

놈이 벌인 일이 딱 그때와 같았다.

흑천마검이 손톱을 비스듬히 그어 놈 세상의 설원을 드러냈던 날처럼, 놈도 드래곤들이 자리하고 있던 장소를 열어 보인 것이었다.

즉, 하늘 위의 광경은 놈이 백운신검의 전폭적인 지지를 받고 있다는 반증(反證)이었다. 백운신검이 시공을 갈랐다.

"교주도 잘 알지요? 내 세상의 신들이라오."

놈은 저것들이 이 세상으로 넘어오면 어떤 일이 일어날지에 대해서는 구태여 언급하지 않았다. 놈도 나도 그럴 필요가 없다는 사실을 잘 알고 있었다.

놈이 갈라진 틈으로 새어져 나오는 빛무리들을 새삼 감격스러운 얼굴로 바라보고 있을 때, 나는 백운신검의 모순적인 행태를 생각했다.

백운신검이 어디까지 알고 있으며, 저의(底意)는 또 무엇인지 도통 모르겠다.

지금껏 놈에게 그 어떤 것도 설명해 주지 않았던 모양인데, 그러면서도 옥제황월에게 제 힘을 고스란히 빌려주고 있지 않은가.

"이제 교주도 본인과 대화를 나눌 준비가 된 것 같소만?"

놈이 내게 시선을 돌리며 두 눈에서 번들거리는 괴광(怪光)을 비췄다.

나는 그 눈빛을 무시하며 하늘 위를 턱짓해 가리켰다.

"저것들이 과연 네놈 생각처럼 움직일까?"

스스로를 '조율자'라고 했던 것들이다. 그래서 역지사지의 마음으로 다른 세상의 법칙을 존중하기라도 했던 것일까?

저것들이 지금에라도 넘어올 것들이었다면, 나나 놈이 다른 세상으로 넘어갈 때 그 흐름을 좇아 왔을 것이다. 하지만 그런 일은 일어나지 않았다.

"교주 덕분에 2년이 넘도록 붙잡혀 있었소이다. 그동안 주는 밥 먹고 누워서 잠만 잤을 것 같소? 축생처럼? 하하하…… 중원으로 끌어들일 방법쯤이야 생각해 둔 바 있으니, 교주는 나를 시험하지 마시오."

놈이 짧지만 자신만만한 미소를 띠었다.

"자 이제 대답해 보시오. 내게 무슨 원한이 그리 깊은 것이오?"

그러는 동안에도 우리 둘 사이에는 붉고 푸른 기운들이 계속 엉켜 붙고 있었다.

파파팟.

전혀 다른 두 기운이 부딪치는 순간마다, 불꽃과 흡사한 성질의 것들이 사방에서 튀어댔다. 놈을 탐색하면서 느낀 것인데, 확실히 지난 3년 동안 놈 또한 비약적으로 강해졌다.

서역에서 있었던 수련 때문만은 아니다. 놈 스스로 말했듯이, 드래곤에게 붙잡혀 있던 기간 동안에도 놈에게 무슨 일이 일어났던 것이다.

"왜 본좌에게 묻는 것이냐."

"무림 역사상 교주의 나이에 그만한 경지에 오른 이는 단언컨대 없소. 그런 교주를 키워낸 전대 교주가 부모 같겠지. 내가 전대 교주를 죽였다면 교주의 원한이 납득이 가나, 그런 일은 없었지 않소. 그저 내가 정도의 수장이었기 때문이라고는 하지 마시오. 나는 기억나지 않지만, 교주에게는 원한 살 만한 일이 있었던 것이오. 그게 무엇이냐는 말이지."

"그것이 그리도 중요하더냐."

그렇게 운을 띄었다.

"아니 그렇겠소? 내 죽음이 거기서 시작된 것인데. 기억나지는 않더라도, 교주에게 한 번 죽었다는 걸 알게 되니 기분 참 더럽더이다."

놈의 기분 나쁜 눈빛이 자연스럽게 내 이마와 인중 그리고 목과 심장이 위치한 부분들을 빠르게 훑고 지나갔다.

제대로 공격당하면 그대로 즉사하는 신체의 약점들을 말이다.

완전한 기억은 아니더라도, 합일을 하면 반신의 기억이 어느 정도 들어온다.

역시 놈은 합일을 경험했던 것일까. 그래서 합일의 순간에 백운신검의 기억 파편 하나를 읽었던 것일까.

"그래도 교주에게 또 고맙게 생각하는 바는 있소. 교주가 나를 다시 살려내지 않았더라면, 내 고향 땅을 밟지도 못했거니와 이러한 경지가 있었다는 것을 알지조차 못했을 것 아니오."

"백운신검이 들려주었느냐?"

"이것이 말이오?"

그럴 리가 있겠냐, 놈이 그런 표정으로 백운신검을 쓱 들어 보였다.

"한때 지고한 존재라 하였더라도 지금은 검형(劍形)에 갇혀, 우리에게 종속된 것들이 아니오? 그러면서도 주제는 또 몰라, 우리 위에 서려 들지 않소. 이것들은 신경 쓰지 말고 교주와 나, 우리 둘이서만 대담(對談)을 나누어봅시다."

큭큭 새어 나오려는 웃음을 꾹 눌렀다.

죽을 뻔했던 위기들을 겪었음에도 불구하고 놈은 조금도 달라진 게 없다.

어쩌면 이렇게 말하는 방식이 똑같은 것일까. 저렇게 이해한다는 듯이 말한 뒤에 결국 한 짓이라고는, 비열한 암습이었다.

"헌데 교착(膠着)이구려. 교주도 나만큼이나 궁금한 것이 많아 보이는데, 서로 양보할 생각이 없으니. 좋소. 내가 하리다. 교주에게 받은 것도 많고 하니."

"서역에는 본좌가 두려워 도망친 것이 아니었느냐?"

이미 저쪽 세상에서 지금의 경지를 이루었다면, 그렇게 무작정 도망치기보다는 한 번은 겨뤄봤을 수도 있었다.

"그렇게 생각하고 있었소? 교주도 생각보다 맹하시오. 오랫동안 내 삶을 둔 곳이 중원인데, 이역만리까지 왜 가겠소? 설사 전비를 갖추고 싶다 한들 중원에 비처 하나 두지 않았을까."

놈이 조소를 머금었다.

그런데 틀린 말은 아니다.

중원만 하더라도 넓고 넓어, 아직까지 삼황의 비처는 물론이고 우적도 찾지 못했다. 놈도 내 눈에서 숨고자 했었다면, 그 전에 이미 그러한 곳들을 가지고 있었을 것이다.

놈이 계속 말했다.

"어쨌든 내 발로 서역에 간 것은 맞소. 헌데 나중에 생각해 보니, 또 그게 아니었단 말이오. 우연히 맞아 떨어진 것이 한둘이 아닌지라……. 너무도 아귀가 맞아 떨어진단 말이지. 어쩌면 지금 여기에서 교주와 마주하고 있는 것도 비슷한 이치가 아닌가 싶소만."

횡설수설하는 게 아니다.

놈은 '인과(因果)'에 대해 말하고 있었다.

"우연이 계속 겹치면 그것을 필연이라 부르지 않소? 헌데 개의치 마시오. 보다시피 지금은 교주와 싸울 마음이 없소. 우리 둘이 싸우면 공멸(共滅)인 것을 왜 싸우겠소. 그런 것을 보면 우리가 대담을 나누길 바라는 모양이오."

우연이 필연으로 이른다?

라쿠아의 개입을 생각해 보지 않을 수 없다.

"말해 보시오. 왜 나를 그토록 증오하는 것이오?"

마치 놈은 내게 원한을 가지고 있지 않다는 듯이 말했다.

"다른 세상이 있었소. 거기서 나는 교주에게 죽임을 당했소. 왜 나를 죽인 것이오?"

"왜 그렇게 집착하지?"

"말했잖소. 거기서부터 모든 게 시작하였으니, 공생(共生)하려면 결국 거기서부터 다시 시작해야하기 때문이오."

공생이라, 놈이 무척이나 재미있는 말을 했다.

"나는 잊을 수 있소. 교주가 나를 죽이려 한 것도, 제국을 왕국으로 분열시킨 것도 말이오."

"네놈은 죽지 않았고, 왕국도 네놈 힘으로 다시 크게 세울 수 있을 거라 자신하고 있으니 그런 것이 아니더냐."

"교주도 그렇지 않소? 내 교주의 무엇을 해한지는 모르겠으나, 전부 옛일이 아니오? 나는 내 세상에서, 교주는 이 세상에서. 우리는 어떤 야망이든 생각하는 대로 실현할 수 있소. 물론……."

놈의 고개가 높게 들쳐졌다.

하늘 위를 바라보는 놈의 두 눈에, 또다시 강렬한 공포심이 스치고 지나갔다.

그것도 잠깐뿐이었다.

"저 신들을 나와 교주가 합심하여 죽인다면 말이오. 그러면 우리야말로 각자의 세상에서 신이 되는 것이오. 단지 인간의 형상만 하고 있을 뿐."

웅대한 포부를 밝힌 놈의 얼굴에 환희가 깃들었다. 이 순간만큼 놈은 그 어느 때보다 솔직했다. 놈이 그 충만한 얼굴로 나를 쓱 쳐다봤다.

놈이 말하자.

"정녕 교주는 야망이 없으시오?"

정녕 교주께서는 장부로서 야망이 없으신 것입니까?

놈이 예전에 했던 말이 겹쳐서 들리고. 또다시 놈이 말하자,

"나와 합심하여 저 신들을 죽입시다. 하면 나는 중원에 다시는 오지 않을 것이오. 마검과 신검? 이것들의 은원은 후대로 넘깁시다. 큰일을 위해서 작은 원한은 잊어 주시오."

큰 정의를 위해서 작은 원한을 잊어주셨으면 해서 이렇게 서찰을 남깁니다.

놈이 예전에 남겼던 서찰이 눈앞에서 아른거린다. 이놈이 전과 똑같이 나를 모욕하고 있다.

이 개자식이!

이미 한 번 죽였었는데 또 죽이지 못할쏘냐. 내가 심상치 않은 것을 느꼈는지, 놈이 유령처럼 뒤로 미끄러지며

거리를 벌렸다.

내가 사랑……했던 사람을 죽였다. 네놈이! 네놈이 그랬다. 그러고도 네놈이 살아 있는 꼴을 두고 볼 것 같더냐!

가슴에 응어리져 있던 뜨거운 뭔가가 전신으로 화악 퍼져 나갔다. 붉은 기류가 사방으로 회용돌이 치고 지축이 흔들리던 그때, 놈은 거리를 벌린 곳에서 나를 빤히 바라보고 있었다.

아니, 나를 바라보고 있는 것은 맞지만 생각은 딴 데 있었다.

"……결국 이렇게 되는 것이라서, 나를 여기에 이르게 한 것이오? ……하지만 당신들의 뜻대로 순순히 따르지는 않을 거요."

놈이 중얼거렸다.

마지막에 이르러 놈의 입술 사이로 공간이동 마법 결정 하나가 튀어 나오던 찰나였다.

쏴아아아악!

어느새 내 손에서 빠져나간 흑천마검이 눈 깜짝할 사이에 놈의 음성에 담겨 있던 결정을 꿰뚫었고, 놀란 놈은 풀쩍 몸을 띄웠다.

"미련한 것! 아직도 모르느냐? 이놈은 이 몸과 합일 하지 않을 것이다. 계집과 합일하여 이놈을 죽여라. 하면 이 몸이 저 건방진 것들을 모조리 죽여, 네가 그토록 바라는 세상으로 돌아가게 해 주겠다."

으스스한 목소리가 사방에 진동했다.

한음절 한음절 이어질 때마다, 머리칼이 자라고 팔다리가 자라는 식으로 음성이 완성, 완성되었을 때에는 인간형이 된 흑천마검이 옥제황월 앞에 서 있었다.

"무, 무슨 수작이오? 이런 식의 장난은 화를 부를 거요. 마령(魔靈)은 당장 주인에게 돌아가시오."

옥제황월의 그 말에, 흑천마검은 조금도 기다리지 않았다.

"저놈을 죽일 생각이 없다면, 이 몸이 너부터 죽여주마!"

흑천마검이 커다란 손을 쫙 펼쳐, 옥제황월의 얼굴을 향해 뻗었다.

아마도 그것은 반사적으로 일어난 일이었을 것이다.

내가 볼 수 있었던 광경은, 옥제황월은 사라져 없고 갑자기 튕겨 날아가는 흑천마검의 모습뿐이었다. 옥제황월은 지금의 내 안력으로도 쫓을 수 없는 속도와 가공할 힘으로 흑천마검을 뿌리쳤던 것이었다.

젠장!

몸을 비틀었다. 뒤쪽 허공에서 옥제황월을 바로 찾았다.

그런데 놈은 이미 놈이 아니었다.

놈의 몸을 감싸 돌고 있었던 푸른 강기는 자기(磁氣)뿐만이 아니라, 형용할 수 없는 신성한 어떤 것까지 품고 있었다.

놈은 그저 허공에 떠 있는 것뿐이었는데 그 모습이 그리도 크게 보였다. 가만히 서 있는 것만으로도 하늘 전체를 차지하고 있는 존재감이었다.

특히 나를 내려다보고 있는 저 광오한 시선에서 절대자의 그것이 보였다.

놈이……

합일했다.

〈다음 권에 계속〉

DREAMBOOKS★